中國語言文字研究輯刊

二五編

許學仁 主編

第 1 冊

《二五編》總目

編輯部編

《殷虛文字外編》釋文考訂（上）

劉 斌 著

花木蘭文化事業有限公司

國家圖書館出版品預行編目資料

《殷虛文字外編》釋文考訂（上）／劉斌 著 -- 初版 -- 新北市：

花木蘭文化事業有限公司，2023〔民112〕

序 2+ 目 14+186 面；21×29.7 公分

（中國語言文字研究輯刊　二五編；第 1 冊）

ISBN 978-626-344-422-5（精裝）

1.CST：甲骨文 2.CST：研究考訂

802.08　　　　　　　　　　　　　　　　112010448

ISBN-978-626-344-422-5

9 786263 444225

中國語言文字研究輯刊

二五編　第一冊　　　　　　　ISBN：978-626-344-422-5

《殷虛文字外編》釋文考訂（上）

作　　者　劉　斌

主　　編　許學仁

總 編 輯　杜潔祥

副總編輯　楊嘉樂

編輯主任　許郁翎

編　　輯　張雅淋、潘玟靜　美術編輯　陳逸婷

出　　版　花木蘭文化事業有限公司

發 行 人　高小娟

聯絡地址　235 新北市中和區中安街七二號十三樓

　　　　　電話：02-2923-1455 ／傳真：02-2923-1452

網　　址　http://www.huamulan.tw 信箱 service@huamulans.com

印　　刷　普羅文化出版廣告事業

初　　版　2023 年 9 月

定　　價　二五編 22 冊（精裝）新台幣 70,000 元　　版權所有‧請勿翻印

《二五編》總目

編輯部編

《中國語言文字研究輯刊》
二五編　書目

《中國語言文字研究輯刊》二五編
各書作者簡介・提要・目次

第一、二冊 《殷虛文字外編》釋文考訂

作者簡介

　　劉斌，山東濟南人，1979～。師從著名學者龐樸先生和杜澤遜先生。主要研究方向為儒家思想和先秦學術。先後參加國家社科重點課題《20 世紀儒學通志》、國家古籍整理出版規劃《十三經注疏彙校》等項目，主持山東省重點課題一項，出版《20 世紀中國〈論語〉學論要》等著作多部，發表《論語》學與古文明研究論文數篇。現任職於山東大學儒學高等研究院。

提　要

　　《〈殷虛文字外編〉釋文考訂》對董作賓先生與嚴一萍先生《殷虛文字外編》書中釋文部分，基於契版拓片、契文摹寫之內容進行新的比勘校對與釋讀，於書中所收四百六十四片甲骨悉數予以新的校寫和考訂，釐定包括貞人名、方國名、草木名等等在內學界已定未定契文多處，對部分本來可能屬於同一骨版的拓片以契文版式之貼合、契文內容之考證為基礎進行了新的對接與組合，對契版所及遠古先民聚落生活、文明傳承過程中所涉及的物質的、精神的、族群傳承方面的契文所載種種相關內容進行了細緻的考證，彼數千年前之遠古文獻大多眉目清朗、粲然可讀，其中有相當部分內容對中華民族早期發展進程之研究有獨特的乃至不可替代的直接的參考和佐證價值，在先賢舊著有補充詮解之功，於晚近後學有導人路途之用。董作賓先生是二十世紀上半期主持參加殷墟發掘的考古學大家。《殷虛文字外編》為董作賓先生「殷墟文字編」系列輯錄作品中的第三部，繼《殷墟文字甲編》、《殷墟文字乙編》之後，於中華人民共和

國建國六週年暨民國四十五年（一九五六）由藝文印書館刊印，至於今年已有六七十年光景，期間兩岸甲骨學研究代有創獲，但於先民早年生活之模樣待解之謎依舊甚多，作為近年來兩岸學界少有的甲骨文獻舊著新釋類撰述，《〈殷虛文字外編〉釋文考訂》或可於此略有幫助。

第三冊　趙誠金文學研究

作者簡介

謝顥，東海大學中國文學系博士候選人、文學碩士、文學學士。1993 年出生於馬來西亞霹靂州怡保，2013 赴臺升學，並於 2019 年通過碩士論文答辯，同年入學東海大學中國文學系博士班，並於 2022 年取得博士候選人資格。曾出版詩集《秋的轉折》、《兼職詩人》。專長領域為文字學（甲骨文金文為主）、先秦兩漢文獻學、語言學、國際漢學，於學報與研討會發表文章十餘篇。

提　要

趙誠，當代古文字學家，語言學家，曾任中華書局編審，善於利用中國傳統小學結合西方語言學破文字，在古文字釋讀和理論建構上有相當大的貢獻。代表作有《古代文字音韻論文集》、《甲骨文簡明詞典》、《二十世紀甲骨文研究述要》、《二十世紀金文研究述要》、《探索集》等。其中《二十世紀金文研究述要》為首部針對中國金文學史進行討論的作品，有開啟先河之工。本文就趙氏於金文學術史整理進行研究，輔以劉正《金文學術史》、傳世文獻和其他近人著作，進行剖析。除此，其文字考釋雖然篇章不算特別多，但具有一定參考性。在文字理論的部分，其中以其二重性文字構形理論對古文字學門影響最大。

目　次

第四冊　西周金文音韻研究

作者簡介

　　師玉梅，女，暨南大學華文學院副教授，碩士研究生導師。主要從事漢字、音韻及應用語言學方向的教學與研究工作。碩士和博士階段分別跟從陝西師範大學胡安順教授、中山大學張振林教授學習音韻學與古文字學。後又進入首都師範大學博士後工作站，跟從馮蒸、黃天樹兩位教授從事古文字及音韻的研究工作。研究成果主要集中在甲骨文、金文考釋及相關的音韻研究。

提　要

　　西周青銅器出土量大，其銘文為西周時段語音的研究提供了豐富而可靠的材料。同時西周時期的政治結構形式、教育形式、銅器及銘文的性質特點以及文字自身發展的階段特點等幾方面因素也決定了這一時期的形聲字和通假字較少受方言的影響，材料單純，適宜用於西周語音狀況的研究。本書即利用西周金文中的形聲字和通假字對西周時期的聲韻調系統進行考察，以豐富漢語語音史的研究，並為考釋西周時期的文字提供語音上的依據。

　　全書共分四章，主要採用概率統計與歷史比較、內部擬測相結合的方法對所收集的西周銅器銘文形聲字及通假字進行分析，從中得出西周金文的聲母、韻部和聲調系統：單聲母共計 25 個，還有 s-頭等類型的複聲音。二等字和三等字或帶有-r-、-rj-、-j-等介音，這些介音推動了知、莊、章三組聲母的產生，其中的喉牙音聲母音節常可能因緩讀而分化。韻部系統則與《詩經》韻部基本一致，不同之處為侵部獨立，冬東兩部合併，即有 29 部。西周時期已存在四聲和四等，不過異調互諧以及異等互諧的比例較高。利用得出的音韻結論，書中對西周金文中的部分字進行了考釋或語音說明。另對古音演變分化的形式進行了嘗試性的探索，列於附錄，待以後進一步深入研究。

目　次

第五冊　高誘音注研究

作者簡介

　　劉芹，女，1979 年出生，江蘇省高郵市人。首都師範大學文學博士，師從馮蒸教授，主要從事歷史語言學、漢語音韻學研究。現為揚州大學廣陵學院副

教授，碩士研究生導師，江蘇省語言學會會員，揚州市語言學會理事。2016年入選江蘇省高校「青藍工程」優秀青年骨幹教師培養對象，2021年入選江蘇省高校「青藍工程」中青年學術帶頭人培養對象。先後在《中國典籍與文化》《古漢語研究》《南開語言學刊》《古籍整理研究學刊》《江海學刊》等刊物發表論文數十篇。

提　要

　　高誘是東漢末訓詁大家，曾師從東漢大儒盧植，一生著述頗豐。現存「三書注」——《戰國策注》、《淮南子注》、《呂氏春秋注》是後人瞭解和研究高誘在傳統小學史上成就的重要依據。通過對高誘「三書注」音注材料的測查與分析，考察高誘音注所用方法、術語，整理出音注術語體式，界定音注術語功能，揭示上古中古語音音變對應規律，尋求高誘音注原因及其音注指導思想，反映高誘音注表現的音義關係現象，探討上古漢語異讀與形態音變關係。

　　文章緒論主要介紹「三書注」的版本情況，高誘音注研究情況、研究價值及高誘音注研究存在的問題，說明所要解決的問題、使用的材料和方法。第二章分析高誘音注情況，對高誘音注使用的音注方法及音注方式、術語作出說明，且對音注術語的體式進行分類討論。第三章討論高誘音注術語的性質功能，高誘直音、比擬音注術語與性質功能相互交叉，譬況音注術語可能與聲調變化、聲母清濁相關。第四章通過高誘音注材料揭示上古中古語音音變對應規律，同時對高誘音注被注音字與注音字語音對應的聲紐混注、韻部對轉、韻部旁轉等現象作出總結，在此基礎上結合各家上古漢語擬音說明上古漢語聲紐、韻部各自語音關聯。第五章梳理高誘音注中保存的方音，追溯部分方言區保存古方音的歷史。第六章解讀高誘音注原因，高誘音注除了純粹注音以外，至少有將近一半是為明義而注，可見詞語的音義關係從來就是關聯密切的。第七章重點探討高誘音注反映的音義關係問題，即詞彙意義和語法意義變化是如何通過語音變化實現的？語法意義變化與語音變化之間是否存在規律？第八章對高誘音注異讀反映的上古漢語形態問題進行揭示，以肯定東漢時期已存在形態音變現象。最後總結前述諸章研究內容。

目　次

第六、七冊　漢語音義學研究論集（一集）──首屆漢語音義學研究國際學術研討會暨第四屆佛經音義研究國際學術研討會論文集

作者簡介

　　黃仁瑄，男（苗），貴州思南人，博士，華中科技大學二級教授，博士生導師，博士後合作導師，兼任《語言研究》副主編、韓國高麗大藏經研究所海外研究理事等，主要研究方向　是歷史語言學、漢語音義學。發表論文 60 餘篇，出版專著 4 部（其中三部分別獲評教育部高等學校科學研究優秀成果獎三等獎、全國古籍出版社年度百佳圖書二等獎、湖北省社會科學優秀成果獎一等獎、二等獎），完成國家社科基金一般項目 2 項、全國高等院校古籍整理研究工作委員會項目 2 項，在研國家社科基金重大項目 1 項（獲滾動資助）、中國高等教育學會高等教育科學研究規劃課題重大項目 1 項。目前致力於漢語音義學的研究工作，運營公眾號「音義學」，策劃、組編「數字時代普通高等教育新文科建設語言學專業系列教材」（總主編）。

提　要

　　《漢語音義學研究論集（一集）》是「首屆漢語音義學研究國際學術研討會暨第四屆佛經音義研究國際學術研討會」（中國‧淮北，2021 年 10 月）會議論文的結集。會議發表論文 68 篇，論文集最終收錄 21 篇。論文集內容主要涉及音義學研究的材料（如《漢語音義學材料系統述略》）、內容（如《論音義學的研究對象──關於「四聲別義」詞與「同源詞（同族詞）」關係的二個問題》）等問題，旁及音韻、訓詁、文字、語法、方言、佛經語言學等問題。論文集所收論文既有面的描寫討論（如《關於〈玄應音義〉的音系性質和特點》《淨土三經音義在日本──以乘恩撰〈淨土三部經音義〉為中心》《語言接觸過程中的音義研究──以東鄉話中的「-ɕiə」和東鄉漢語的「些」為例》），又有點的刻劃考求（如《〈經典釋文〉「梴」「挺」等音義匹配及相關問題》《〈集韻〉音義匹配錯誤舉例》《〈文選〉五臣音注與〈博雅音〉的關係──以一等韻為例》），等等。這些討論對於漢語音義學學科建設無疑具有積極的意義。

目　次

上　冊

第八至二二冊　《大正藏》異文大典

作者簡介

　　王閏吉，上海師範大學漢語言文字學專業博士畢業，麗水學院三級教授。
麗水學院小學教育專業研究生導師，溫州大學漢語言文字學專業、中國少數民

族語言文學專業、語文教育專業研究生導師，西華師範大學兼職教授。省級優秀教師暨浙江省高校優秀教師、浙江省高校優秀共產黨員、新時代浙江省萬名好黨員、浙江省社科聯入庫專家、浙江省十四五社科規劃課題評審專家、浙江省中小學教材評審專家、浙江省語言學會理事，麗水市社會科學聯合會理事、麗水市社會科學專家委員會委員、麗水市劉基研究會常務副會長（法人）、麗水市博士聯誼會文科分會副會長、麗水學院中國語言文學學科負責人、麗水學院學報編輯會委員、麗水學院學術委員會委員、麗水學院「麗院之星」，麗水學院優秀學術帶頭人、優秀學術骨幹。在學術期刊發表論文 100 多篇，出版學術專著 30 多部，編纂《處州文獻集成》等 250 餘冊。主持國家社科基金項目 2 項、教育部人文社科基金項目 1 項、十三五全國少數民族古籍重點項目 1 項、全國高校古籍整理委員會直接資助項目 2 項，主持浙江省社科規劃基金項目及省教育廳項目、市校級各類項目 40 餘項。獲浙江省或麗水市哲學社會科學優秀成果獎 10 餘次。

康健，文學博士，西華師範大學三級教授，碩士生導師，語言學及應用語言學碩士點負責人。四川省語言學會副會長，四川省精品資源共享課「語言學概論」負責人，國家級普通話水平測試員。主持國家社科基金項目 3 項，主持及參與省部級項目 10 餘項。主編《禪宗大詞典》等著作 5 部，發表論文 70 餘篇。獲四川省政府成果一等獎 1 項、三等獎 2 項，獲省語言文字先進個人、省優秀碩士學位論文指導教師以及校師德標兵、優秀共產黨員、科研十佳、教學名師等榮譽稱號。

魏啟君，畢業於四川大學文學與新聞學院，文學博士，研究生導師，教授，雲南省語委專家庫成員。在學術期刊發表論文 40 餘篇，其中語言學權威期刊《中國語文》2 篇，CSSCI 核心期刊 20 餘篇，出版學術專著 4 部。主持並結項國家語委項目 1 項，主持在研教育部人文社科基金項目 1 項，主持在研國家社科基金西部項目 1 項，參與完成國家級項目 3 項。獲雲南省哲學社會科學優秀成果獎一等獎、二等獎各一次。

提　要

《〈大正藏〉異文大典》為待出版的《大藏經疑難字大典》姊妹篇。1924年日本出版了《大正新修大藏經》（簡稱《大正藏》），凡 100 冊，3000 多部佛典，內容分為正編、續編、圖像、法寶總目錄四個部分。正編、續編皆詳列九種《大藏經》的異文於每頁正文之下。本典只收錄其中的單字，不收錄二字以上的詞、短語、句子等異文，也不收錄某一字的增字、脫字等異文。本典共收

　　《大正藏》中字頭 6885 個，異文 9200 個，用例 79273 處，基本上做到對《大正新修大藏經》的單字異文應收盡收，並對部分錯訛文字做了糾正。本典以《大正藏》的寫法為字頭，以底本、對校本以及其他各種版本的寫法為異文。字頭按按音序排列，字頭下的各異文也按音序排列。考慮到字頭在他處也有可能是異文，而異文在另一地方也可能是字頭，為查檢方便，特將字頭、異文聚合在一起製作筆畫檢索表，附於書後。字頭的每個異文下包括三個部分內容：一是版本，用帶半形括號的漢字表示；二是經目，用阿拉伯數字表示；三是例句。為節省篇幅，版本省作一個帶半形括號漢字，經目用一至四個阿拉伯數字代替，例句引經文中字頭後一至三字（少數地方例句略），若需要更詳細的例句，以字頭加例句用軟件或到相關網站查詢。《大藏經》異文十分豐富，對之整理與研究，可以幫助我們正確釋讀俗體字、形訛字，豐富漢字漢語研究的語料，補充修訂大型字典、詞典，對詞彙訓詁學研究也有十分重要的價值。

《殷虛文字外編》釋文考訂(上)

劉斌　著

作者簡介

劉斌，山東濟南人，1979～。師從著名學者龐樸先生和杜澤遜先生。主要研究方向為儒家思想和先秦學術。先後參加國家社科重點課題《20世紀儒學通志》、國家古籍整理出版規劃《十三經注疏彙校》等項目，主持山東省重點課題一項，出版《20世紀中國〈論語〉學論要》等著作多部，發表《論語》學與古文明研究論文數篇。現任職於山東大學儒學高等研究院。

提　要

　　《〈殷虛文字外編〉釋文考訂》對董作賓先生與嚴一萍先生《殷虛文字外編》書中釋文部分，基於契版拓片、契文摹寫之內容進行新的比勘校對與釋讀，於書中所收四百六十四片甲骨悉數予以新的校寫和考訂，釐定包括貞人名、方國名、草木名等等在內學界已定未定契文多處，對部分本來可能屬於同一骨版的拓片以契文版式之貼合、契文內容之考證為基礎進行了新的對接與組合，對契版所及遠古先民聚落生活、文明傳承過程中所涉及的物質的、精神的、族群傳承方面的契文所載種種相關內容進行了細緻的考證，彼數千年前之遠古文獻大多眉目清朗、粲然可讀，其中有相當部分內容對中華民族早期發展進程之研究有獨特的乃至不可替代的直接的參考和佐證價值，在先賢舊著有補充詮解之功，於晚近後學有導人路途之用。董作賓先生是二十世紀上半期主持參加殷墟發掘的考古學大家。《殷虛文字外編》為董作賓先生「殷墟文字編」系列輯錄作品中的第三部，繼《殷墟文字甲編》、《殷墟文字乙編》之後，於中華人民共和國建國六週年暨民國四十五年（一九五六）由藝文印書館刊印，至於今年已有六七十年光景，期間兩岸甲骨學研究代有創獲，但於先民早年生活之模樣待解之謎依舊甚多，作為近年來兩岸學界少有的甲骨文獻舊著新釋類撰述，《〈殷虛文字外編〉釋文考訂》或可於此略有幫助。

省部共建儒家文明
協同創新中心研究成果

致敬余英時教授

余英時教授是先師龐樸先生好友，二〇二一年八月一日在美飛昇神遊天際。其時區區正忙於瑣事，初聞之下，無限悲痛。先師若在當有同感。作為世界中文學界最令人矚目的巨人，余英時教授在中華文明與中華學術傳播與傳承方面做出的成績國際中文學界人所共知。他的離去對於中華學術之進步屬不可估量的重大損失。逢《〈殷虛文字外編〉釋文考訂》出版，即以小書向余英時先生致敬。

弁　言

　　《殷虛文字外編》上世紀一九五零年代出版，內容為董作賓先生所輯見於殷墟考古之外的甲骨文獻拓本，由董作賓先生編輯，嚴一萍先生摹釋。但其中摹釋部分所及甲骨文獻未釋字頗多，便於後學讀寫查勘計，今重為釋讀如下。

目次

下　冊

說　明

　　一、本冊內容為上世紀五零年代董作賓先生嚴一萍先生編輯出版之《殷虛文字外編》「摹釋」文字新考訂。

　　二、「考訂」正文首先以圖片形式向讀者展示《殷墟文字外編》所及甲骨文獻契版拓片並摹釋拓片內容。次以「摹釋」和「校勘」兩部分，抄錄並考訂相關契版的「摹釋」文字。

　　三、「校勘」工作之外，依契版形制並契文內容對於遠古時期可能本乎同一契版的「拓片」進行新的圖版拼合及考釋。

　　四、董、嚴二位先生為前輩大家，因無渠道聯繫作者親眷及家人，出於對先生作品的尊重，《考訂》悉數引錄《外編》所載圖版文獻，用為對董、嚴二先生的志念和禮讚。文獻引錄以二十世紀七零年代即「民國」六十六年（1977）藝文印書館印製之《董作賓先生全集甲乙編》所載「乙編第七冊」《殷虛文字外編》為準。

　　五、因所收甲骨拓片多碎版、小版，考校難度大，為適於研讀儘量對相關載記進行了可能的補充和補寫。

　　六、昔年著作初版之際未釋文字尚多，本冊悉數予以新的「校訂」和「考釋」，若有不當之處，恭祈二位先生見諒。

殷虛文字外編

序

甲骨契刻之日，上距三千餘年，自殷庚遷殷以迄帝辛亡國，八世十一王二百七十三年

間朝夕之所卜，皆沉埋於此洹濱黃土之中。陵谷未遷，三千年猶一瞬耳。然自光緒己亥以

來，歷五十八年所出土，幾共十萬餘片。逆計卜用之遺，數必夥頤，何所見其若是寥落也？

在昔箕子朝周，遂國未久，故都懍弔，已見坵墟；則顯世甲骨，殆罄兵燹之遺，或幸而著

錄流傳，十不逮一；若不幸而復歸湮沒，又不知凡幾。昔人悲出土之日爲湮滅之期，信非

危言。雖然兵燹劫餘之眞相，不可復睹；出土復歸湮滅之明證，所在多有。若本書第三九

〇片，亦即鐵雲藏龜之三·二版。

既藏龜全而本書殘，是其顯例。藏龜刊布於光緒癸卯，距鐵雲收藏未久。及其既死，

遂歸散佚。迨彥堂先生輯入外編，已物易其主，而牛什闕如。以此證之，著錄流傳，寧非

急務歟？

殷虛文字外編序

一

董作賓先生全集·集乙編

殷虛文字外編者，有別殷虛文字而言，殷虛文字者，中央研究院歷史語言研究所十二

次發掘殷墟所得甲骨文字之總集，而爲彥堂先生所手輯。蓋自民國十七年試掘殷墟，以迄

最後一册殷虛文字之出版，皆彥堂先生所親歷，幾將卅載。發掘而外，公私購藏，時有所

獲，則借拓棠輯，成此一書，故曰外編。凡敓一十四家，四六四版，五期咸備。零骨碎甲

之中，尤多罕見之文，至堪珍異。奈何世事多故，迄未刊布。

己丑之歲，一漛間關來謁。每當長夜講誨，敓無不盡，於材料之搜輯流傳，尤多劼勉，

既默識而皆從事焉。顧脣橫逆，猶愧無成。今也何幸，得肩刊布之任，復以舊所摹釋者比

附矣。而承 命作序，益深惶悚。運斧斤於大匠之前，一漛何敢贅一辭；然有不能已於言

者，三十年來，彥堂先生主持發掘者非一夫，摩挲甲骨者以萬計，而一己之私所寶者，惟

此拓本一編，別無一骨一甲之藏。高風亮節，莫之與京。世但知先生於學術之貢獻爲國之

瓌寶；猶不知特行之頉頑末俗，起衰一世。一漛八載承敓，心議如此，仰泰山而渺塵埃，始

終未敢以夫子稱者，寸衷欽歎，先生實春秋魯叟耳！謹序。

歲在丙申莫春之月秀水後學嚴一漛

二

殷虛文字外編目錄表

收藏者	拓本編號	簡稱	備註
歷史博物館	一——二九	歷	舊藏原骨二十版
中央研究院	三〇——七五	院	購自南京原骨四十五版
何春畬	七六——九四	春	舊藏由商錫永借拓原甲骨十五版
劉鐵雲	九五——一〇九	劉	舊藏出商錫永借拓原甲骨十五版
何叙甫	一一〇——一四四	叙	在蘇州購得劉鐵雲舊藏甲骨二十五版
沈匯廬	二〇一——二二七	沈	任公先生舊藏甲骨四版
梁思永	一四五——一七一	梁	在西安購得甲骨十三版
徐旭生	一七二——一七五	徐	舊藏甲骨七版
莊慕陵	一七六——一八八	莊	原甲骨一七八版
陳中凡	一八九——一九六	陳	所
歷史語言研究所	一九七——二〇一	所	民國十七年調查殷墟購得甲骨標本十六版
商承祚	二三八——四一八	商	云是鐵雲舊藏甲骨十五版
李玄伯	四一九——四三四	李	舊藏之一部份甲骨七版
嚴一萍	四三五——四五一	嚴	購藏原骨四版
	四五二——四五九		
	四六〇——四六四		

殷虛文字外編目次

一

殷虛文字外編目錄表

收藏者	拓本編號	簡稱	備註
歷史博物館	一——二九	歷	
中央研究院	三○——七五	院	
何春畬	七六——九四	春	舊藏原骨二十版
劉鐵雲	九五——一○九	劉	購自南京原骨四十五版
何叙甫	一一○——一四四 二○三——二二七	叙	舊藏由商錫永借拓原甲骨十五版
沈匯廬	一四五——一七一	沈	在蘇州購得劉鐵雲舊藏甲骨二十五版
梁思永	一七二——一七五	梁	任公先生舊藏甲骨四版
徐旭生	一七六——一八八	徐	在西安購得甲骨十三版
莊崧陵	一八九——一九六	莊	舊藏甲骨七版
陳中凡	一九七——二○一 二二八——四一○	陳	原甲骨一七八版
歷史語言研究所	四一一——四三四	所	民國十七年調查殷墟購得甲骨標本十六版
商承祚	四三五——四五一	商	云是鐵雲舊藏甲骨十五版
李玄伯	四五二——四五九	李	舊藏之一部份甲骨七版
嚴一萍	四六○——四六四	嚴	購藏原骨四版

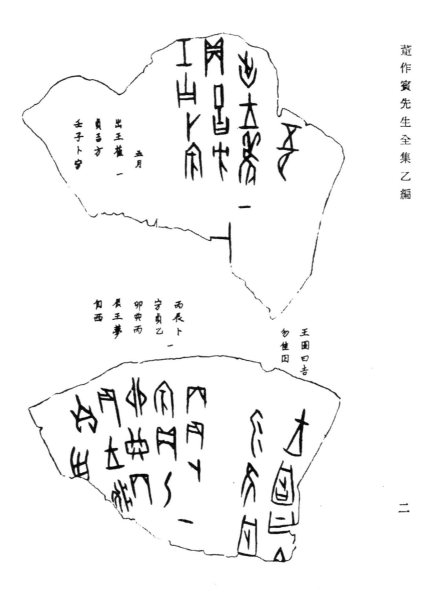

董作賓先生全集乙編

五月
出王隻一
貞子方
壬子卜字

二

丙辰卜一
字貞乙
卯典丙
長王夢
勿西

王固曰吉
勿隹田

《外編》拓片摹寫 001、002

殷虛文字外編

一

二

三

《外編》拓片 001、002

一

摹釋：

　　壬子卜，□貞：□方出王崔五月？

校勘：

　　摹釋「□貞」之「□」作上下結構，上「宀」下「万」，「□方」之「□」同樣為上下結構，上「工」下「口」。

　　卜辭上「宀」下「万」結構的貞人名字歷來無解，甲骨學家多以字形直接隸定作上「宀」下「万」結構。實則此字所從之「万」為「亥」省，上部「戈刃」象形結構，依形意當隸定作「木」〔註1〕，字從「亥」從「木」，即「核」字。

　　「□方」之「□」蓋後世所謂「周」字。據武丁卜辭「□方」在「沚國」之西，依三代時期的基本國家地理架構，「沚國」舊址蓋在豫山陝交界渭河、洛河與黃河交界的數十里地域之內，而「□方」又在其西恰為「周人」之地，故隸定作「周」。

　　卜辭謂：

　　　壬子卜，核貞：周方出，王進〔註2〕？五月。

　　蓋謂壬子卜貞人核問，周方出，君上進擊否？時在五月。「周方」，唐蘭先生釋作「邛方」、葉玉森先生釋作「苦方」。

二

摹釋：

　　丙辰卜，核貞：乙卯□丙辰王夢自西？

　　王「占」曰：□勿佳「卜」〔註3〕。

〔註1〕甲骨文「戈」之基本造型為一「十」字結構，「十」字結構與該字上部給出的「戈刃」造型結合即「木」字。又疑所謂「戈刃」結構象「契行」，且在文明傳承的意義上契版與木板同，亦可隸定作「木」。

〔註2〕契文「佳」字上方結構像「鳥翼」，比之以「飛禽走獸」，隸定作「進」，蓋「進擊」之意。按「佳」最初蓋為「系結」義，至於後來結繩記事的傳統退出人類文明發展的大舞臺，如疏忽不見的飛鳥一樣消失在人們的生活和視線內，人們遂蓄舊文於新字，融舊史於新知，以之為鳥名用字的組成結構。

〔註3〕事實上遠古時期之「龜占」與「繩卜」有別，甲骨文釋文中所有從「口」從「占」或「卜」的契文之指向應該都是「獸骨龜甲」之「占卜」。為示區別，契文中所有

校勘：

卜辭中「乙卯□丙辰」之「□」作長方形上下各兩個彎劃。「曰□」之「□」摹釋作上下結構上「土」下「口」，蓋即「吉」字。摹釋摹寫契版「夢」字疑誤，蓋讀如「眠」。

卜辭中「乙卯□丙辰」蓋謂自乙卯至丙辰的過渡時段，據所刻字形「□」可釋為「而」。又依照圖版比例和結構契文「西」字下側當有其他契文。

卜辭謂：

> 丙辰卜，核貞：「乙卯而丙辰，王眠，自西□？」
>
> 王「占」曰：吉。勿隹「卜」。

「勿『隹卜』」蓋卜問要不要在「龜占」之外「繩卜」其事。疑契文「隹」讀如「維」，「四維八德」之「維」[註4]，「維繫」之「維」，亦「繩維」之「維」。

就契文布局及契刻體勢來看，疑兩則契文皆由貞人「核」契刻，實為同時同事之卜辭。因為在遠古時期「龜占」與「繩卜」屬不同的占卜系統，所以貞人刻意將涉及「繩卜」的一段文字移至卜辭右側。

完整的卜辭應該是：

> 丙辰卜，核貞：「乙卯而丙辰，王眠，自西□？王『占』曰『吉』。
>
> 勿『隹卜』？」

蓋丙辰之日，貞人詢問乙卯丙辰夜王是在睡夢之中自己朝西的嗎？又謂君「占」曰「吉」，不「繩卜」嗎？

用於標識「龜占」的從「口」從「占」或「卜」的契文「占」和「卜」皆以引號注明。

〔註4〕《管子‧牧民》篇文稱：「國有四維，一維絕則傾，二維絕則危，三維絕則覆，四維絕則滅。傾可正也，危可安也，覆可起也，滅不可複錯也。」（黎翔鳳撰、梁運華整理：《管子校注》，北京：中華書局，2004年，第11頁。）同「繩維」之「維」相校，「四維八德」之「維」在意義上已高度哲學化。

三

董作賓先生全集乙編

四

《外編》拓片 003

《外編》拓片摹寫 003

三

摹釋：

卜□貞：□克□□示□取□。

丙寅卜

丙

校勘：

契版「丙」殘缺不全，疑「丙□卜」之殘文。卜辭中「卜□貞」中的「□」即上文所釋「核」字。「□克□□示□」，第一字不識，第四字上「◇」下「天」。

同版卜辭有丙寅字樣，且同為貞人「核」的貞詢記錄，疑與拓片「零零二」所及相去不遠，卜辭中「□克□□示□」的第一個字上下結構中上部的長「口」與拓片「零零二」中標識「乙卯丙辰」之交的長「口」刻畫筆法相同，且下部帶有連筆的兩個「豎折」結構與拓片「零零二」中「摹釋」所謂「夢」的左側結構十分相近，推定此字為「夜眠」合文，特指拓片「零零二」所提到的乙卯丙辰夜之眠，字讀如「『眠』」。

第二字從「卯」省從「戈」，疑「卯」省義如「扌」，字蓋即「拔」〔註5〕字。

第三字蓋「周」之「省寫」。疑當時「周方」東向勢不可擋，故而契文「周」倒刻，且沒有本來用以標識中央政權所謂「大邑所在」的「口」字型結構。

第四字上部結構蓋讀如「夏」，字形為「夏天」合文，讀如「春夏秋冬」的「夏」。疑貞人占卜時還是春天，逢武丁睡夢中「眠自西」，故而貞人以為再過一個季度或可得天佑助攻取周方。

卜辭謂：

卜，核貞：「『眠』克拔周，示夏取□□？」

丙寅卜

丙

契版契文蓋謂某日卜，貞人核問：睡覺時夢見可以拔掉東進的周方，是否意味著夏天攻取周部族能得神明佑助？

〔註5〕《左傳·昭公九年》有「裂冠毀冕，拔本塞原」之論。參趙生群著：《春秋左傳新注》，西安：陝西人民出版社，2008年，第788頁。

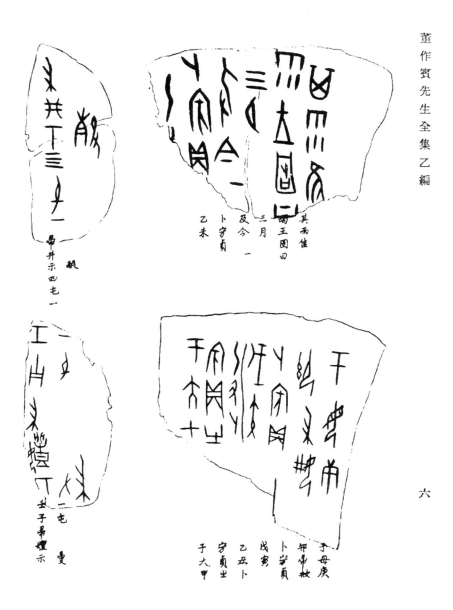

《外編》拓片摹寫 004、005、006、007

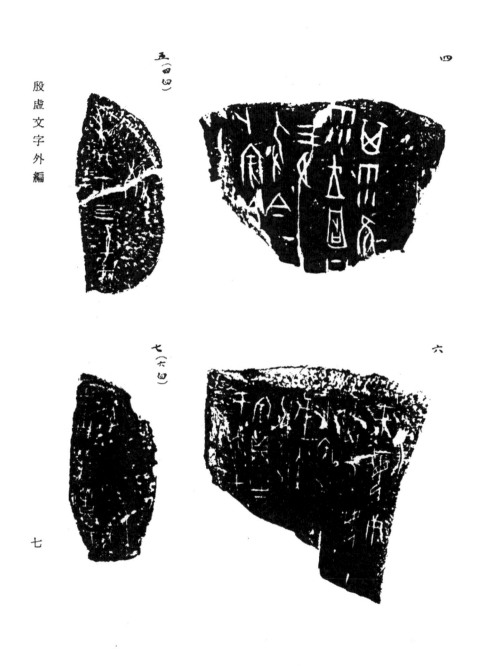

《外編》拓片 004、005、006、007

四

摹釋：

> 乙□卜，核貞：□今三月，雨？王占曰：其雨，隹。

校勘：

「乙某卜」中的「□」，嚴一萍先生摹釋補寫「未」，實殘缺不全。

「□今三月」中的「□」董先生例釋為「及」。依形當作「仅」〔註6〕。觀契版契文所及行位，「隹」下或仍有未盡之文。

卜辭謂：

> 乙未卜，核貞：仅今三月雨？王「占」曰：「其雨。」隹□

舊謂夏曆建子、殷曆建丑、周曆建寅，殷曆所及三月蓋當周曆一二月間，其時在今正月左右，不當有雨。

五

摹釋：

> 婦井示四□　□

校勘：

最後一字，摹釋從「南」從「殳」為貞人名，舊釋「殼」。「四□」之「□」，學者或釋「矛」或釋「屯」或釋「匹」，蓋「芽」之初文，謂作物之萌芽。

最後一字為貞人名，過去多釋為「殼」，似不確。純就字形來看，疑「中」頭下類「月」字結構為「西」或「且」之省（「屯南甲骨」中多有契文省寫例），「報」省結構純就字形來看或可釋「早」，字從「艸」從「西」從「早」疑即舊籍所謂「蕈」。《詩經·葛覃》，舊注謂「覃」「本亦作蕈」〔註7〕，疑契版契文即「葛覃」之「覃」，亦《尚書·禹貢》「覃懷底績」〔註8〕之「覃」。《玉篇》

〔註6〕該字舊籍作「僅」，實周代以下歷代漢字相沿傳承之舊物，當准之以契文。

〔註7〕《十三經注疏》整理委員會整理，李學勤主編：《十三經注疏·毛詩正義》，北京：北京大學出版社，1999年，第30頁。

〔註8〕《十三經注疏》整理委員會整理，李學勤主編：《十三經注疏·尚書正義》，北京：北京大學出版社，1999年，第135頁。

謂「蕈」為「菌[註9]類」，或以為「深蒲」[註10]，疑即「蒲」類。一者，該字隸定結構從「覃」，「覃」同時亦「水潭」之「潭」的本字，「水潭」附近恰為「蒲」類常見之生長環境；二者，就《說文》從「鹵」[註11]之字形來看，鹵隸定作「蕈」所從之「西」，恐亦不確。謂之「蒲」類，則《詩》所謂「葛覃」，《書》所謂「覃懷」，包括契版所及貞人「雋永整潔」之契文體勢，皆有以相合。

　　又山西有蒲縣，據信為「蒲」姓所自，疑亦遠古時期「深蒲」類盛產之地，是與上文所及，相對安陽來說，該字契文字形「『西祖』艸」的合文義亦相合。

　　《說文》「桑葖」說疑有誤。

　　辭蓋謂：

　　　　婦井示四「芽」。　蕈

六

摹釋：

　　　　戊寅卜，核貞：□婦姘于母庚。

　　　　己丑卜，核貞：屮于太甲。

校勘：

　　　　「□婦」之「□」蓋讀如「允」。

　　辭蓋謂：

　　　　戊寅卜，核貞：允婦姘于母庚？

　　　　己丑卜，核貞：屮于太甲？

七

摹釋：

　　　　壬子婦□示一□。□。

〔註 9〕〔梁〕顧野王：《宋本玉篇》，北京：中國書店，1983 年，第 258 頁。

〔註10〕《十三經注疏》整理委員會整理，李學勤主編：《十三經注疏·周禮注疏》，北京：北京大學出版社，1999 年，第 139～140 頁。

〔註11〕〔漢〕許慎：《說文解字》，北京：中華書局，1963 年，第 21 頁。

校勘：

　　摹釋「婦□示」之「□」左右結構左側為「女」右側似「豐」，二「丰」作二「亡」。「示一□」之「□」如上文所及「芽」。最後一字從「又」從「帚」。

　　「婦□示」之「□」依從「丰」作「豐」之例，釋從「女」從「亡」，「亡」即「無」，蓋「嫵媚」的「嫵」。最後一字從「又」從「帚」疑讀如「婦又」合文。細審之或即今之「掃」字，疑用為人名署簽，取「掃契」或「掃書」義。

　　辭蓋謂：

　　　　壬子婦嫵示一「芽」　掃

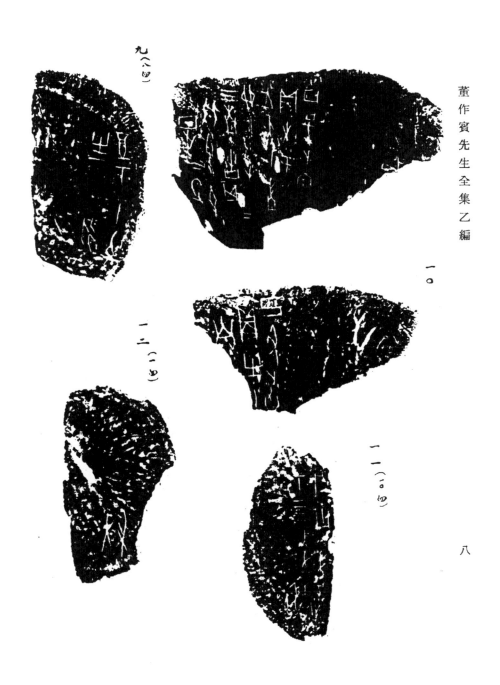

九（八四）

董作賓先生全集乙編

一〇

一二（一四）

一一（一〇四）

八

《外編》拓片 008、009、010、011、012

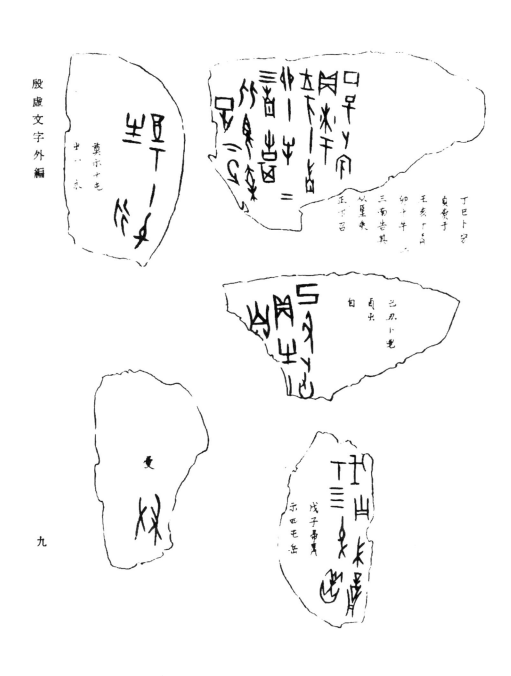

《外編》拓片摹寫 008、009、010、011、012

八

摹釋：

　　　　丁巳卜，核貞：燎于王亥十□卯十牛，二三南告其從□乘正下

　　□？

校勘：

　　「燎于王亥十□」之「□」上下結構，上從「婦」省下從「南」；「從□」之

「□」上下結構，上從「目」下從「妣」；「下□」的「□」為一自右側左轉向

下的箭頭形。

　　「燎于王亥十□」之「□」字蓋會「南婦」合文，當釋「婻」；「從□乘」，

《甲骨文合集釋文》作「比望乘」似不講，「□」從豎「目」從「妣」，蓋「見」

也。「下□」之「□」作箭頭狀，疑「禹」之省文，「下『禹』」蓋即「後夏」

部族首領的稱呼。「其從」之「其」疑假作「織」，「從」〔註12〕疑讀如「比」，

即「先公先妣」之「妣」。「織妣」蓋職乎「結繩記事」之女性貴族。以「織

妣」徵「下禹」，疑當時的戰場上對「織妣」群體有其特殊的職責類任務訴

求。

辭蓋謂：

　　　　丁巳卜，核貞：燎于王亥十婻卯十牛，二三南告「其妣」見乘徵

　　「下禹」？

九

摹釋：

　　　　奠示十屯出一。　　永

校勘：

　　「奠」作「酉」下「一橫」。

　　摹釋「酉」下「一橫」涉契行下「示」字衍入。「屯」當作「芽」。「出一」

下之署簽學界相率釋作「永」，不確，讀如「刻」，亦「刻契」或「刻書」義。

〔註12〕契文所見「比」與「從」義近，疑即甲骨文「從」字之祖型。又「从」「從」古
　　　　今字（參萬曆乙卯刊本梅膺祚《字彙・首卷》）。本冊凡曰「從某」古字宜寫作
　　　　「从」。

蓋謂：

> 酉示十「芽」屮一　刻

十

摹釋：

> 己丑卜，□貞：屮自

校勘：

「□貞」之「□」摹釋作上「凶」下「匕」。契版有殘缺，契文像著雙手審視契版，疑讀如「乩」〔註13〕，即《尚書·洪範》所謂「乩疑」之「乩」〔註14〕，蓋「思慮稽疑研讀拆判」義。

契版卜辭「屮」下之字殘缺，釋文「屮」當作「屮□」。卜辭「自」之下蓋仍有契文，釋文或當作「自□」。

辭蓋謂：

> 己丑卜，乩貞：屮□自□？

十一

摹釋：

> 戊子婦□示四屯岳

校勘：

「婦□」之「□」從「辛」、從「厶」、從「井」省，摹釋依形寫，蓋「婦辛」。「岳」字從「火」從「在」從「山」省。

「婦□」之「□」當即「婦辛」之「辛」，為武丁婦。

「四屯」之「屯」當釋「芽」。

「嶽」疑讀如「炊」。

辭蓋謂：

> 戊子婦辛示四「芽」炊

〔註13〕契版「又」與「乚」形如上下「卜」，「蔔」共「乚」於「骨板」（花東甲骨「骨板」之「骨」作「口」），蓋即「明用乩疑」的「乩」。

〔註14〕顧頡剛、顧廷龍主編：《尚書古文字合編》，上海：上海古籍出版社，1996 年，第1487 頁。

十二

摹釋：

□

校勘：

　　字從「婦」省從「又」，即上所述「婦又」合文，摹釋作左右結構，右從「婦」省，左從「又」。

　　　　婦又

考證：

　　將董作賓先生所藏拓片 011 與拓片 012 相拼合可見二者早先蓋為同一塊龜板中央緊鄰的兩片龜甲，拼合以後依舊可見昔年龜甲正中之鑽孔。

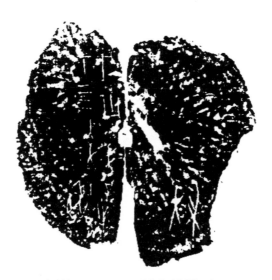

拓片 011、012 黏合結構圖示

辭蓋謂：

　　壬子卜，婦辛示四芽妝　掃

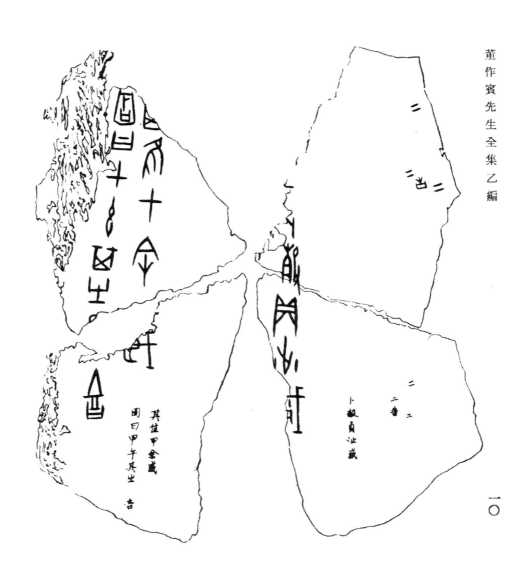

《外編》拓片摹寫 013、014

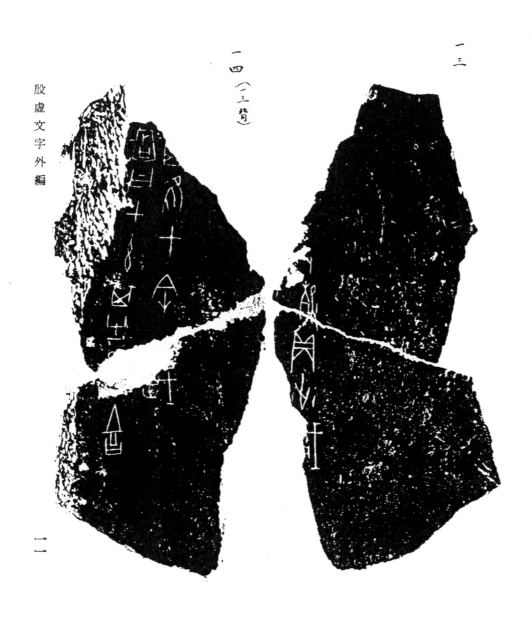

一四（一三背）

殷虛文字外編

一三

二一

《外編》拓片 013、014

十三、十四

摹釋：

> 卜□貞□□
>
> □曰甲午其屮　□
>
> 其隹甲余□

校勘：

「卜□」之「□」即「蕈」字；「貞□□」，第一字從「止」從兩點，摹釋作左右結構，左從兩「丶」右從「止」；最後一字契版契文殘缺不全。

「□曰」之「□」從「口」從「占」，例釋「占」字；契版「屮」下一字缺失。「屮　□」之「□」摹釋從「土」從「口」。

「甲余□」之「□」契版契文殘缺不全，摹釋字亦殘缺難辨。

此為董先生由四塊骨板拼合而成之殘破契版。

依常見例「卜蕈」之前蓋有時間，故當作「□□卜蕈貞」。契版「貞」下之字殘缺，蓋甲骨文所見「沚國」的「沚」，「沚□」之「□」蓋即「沚戛」之「戛」。

「占曰」蓋當作「□占曰」。「屮　□」之「□」讀如「吉」。

「甲余□」之「□」從「戈」從「刀」蓋「戉」字，契文中蓋用為動詞，謂「舞戉」。「余」「戉」中間一段契版模糊難辨，疑契版本無其他契文。

依契版布局，辭蓋謂：

> □□卜，蕈貞：沚戛
>
> □「占」曰：甲午其屮□，吉。□其隹甲，余　「戉」。

契版殘缺，其義不明。

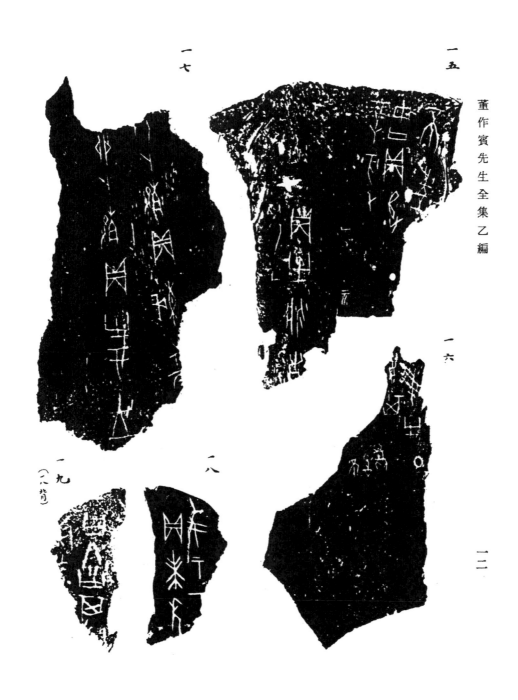

《外編》拓片 015、016、017、018、019

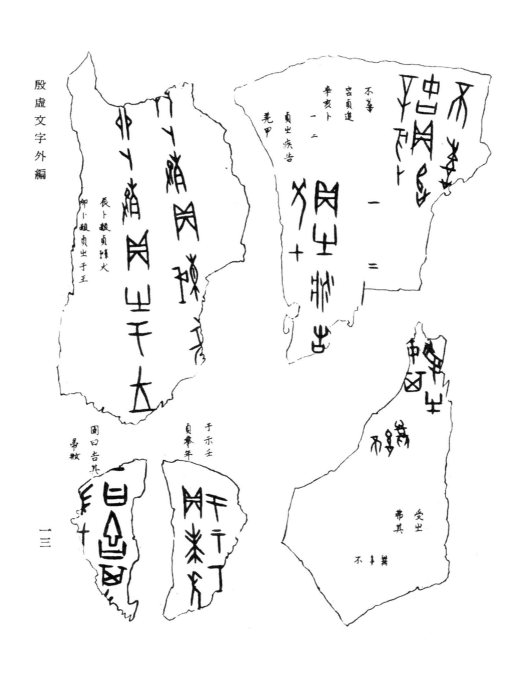

《外編》拓片摹寫 015、016、017、018、019

十五

摹釋：

　　　　辛亥卜，□貞：□不□。

　　　　貞屮疾告羌甲。

校勘：

　　「□貞」之「□」從「中」從「口」。「□不」之「□」從「㠯」上一「丿」從「止」，摹釋寫作「追」。「不□」之「□」從「幸」（或謂「㚔」）從「止」，摹釋迻抄契版未作隸定。

　　「□貞」之「□」從「中」從「口」，蓋讀如「中」〔註15〕。

　　「□不」之「□」摹釋作「追」，疑讀如「歸」。

　　「不□」之「□」摹寫未釋，契文從「幸」從「止」，就契版內容來看疑用為對「從『幸』從『指』結繩記事」類工作的蔑稱，釋如「『執』」。

　　「貞有疾」之「疾」，蓋讀如「休織」合文。以「小點狀結構」為「織」見「花東甲骨」，本義蓋代指「結繩字」，「結繩記事」某種程度上恰即「繩索編織」類事，遠古時期契文初生之際文字尚少，一字多義之例常有。契文從「妣」從「床」從「小點狀結構」，疑「妣」、「床」曰「休」，從「妣」從「床」從「小點狀結構」即「休織」合文。

　　據董作賓先生卜辭中的「羌甲」即舊籍所載「陽甲」。

辭蓋謂：

　　　　辛亥卜，「『中』」貞：歸，不「『執〔註16〕』」？

　　　　　　　　　貞：屮「休織」，告陽甲？

　　觀字形與書勢當為同人同日之貞。「休織」為合文，蓋謂「不被接續的結繩記事」。

〔註15〕據「花東甲骨」，今之「中」蓋有從「中」從「≈」與從「水滴」形從「言」省之兩種契文寫法，契版所見貞人名似兩種寫法之合文，疑貞人親歷了早期甲骨文字的形成期，因以從「中」從「言」省之契文為名，從文字隸定的角度來看作為貞人之名的此一契文蓋仍讀如「中」。疑今「河南」地區相沿至久略帶水桶式鼻音的方言「中」即本乎此。

〔註16〕《詩經・擊鼓》有謂「爰居爰處，爰喪其馬。于以求之，于林之下。死生契闊，與子成說；執子之手，與子偕老」此蓋貞人倦於「結繩記事」，遂以從「幸」從「止」契。參《十三經注疏》整理委員會整理，李學勤主編：《十三經注疏・毛詩正義》，北京：北京大學出版社，1999年，第130～131頁。

據董作賓先生「『中』」為武丁時期貞人。

十六

摹釋：

　　□其受㞢

　　不□□

校勘：

　　「□其」之「□」殘缺不全，摹釋作「弗」。「不□」之「□」上下結構上「糸」下「厶」。「□□」中的第二字為四足動物造型。「□其受㞢」的「□」因契版殘破無法辨認釋讀。

　　「不□□」常見於契版，「不□」之「□」蓋即「以」之古字，用為「憑藉」「憑據」之義。四足動物疑為「龜」，蓋謂「不以龜」〔註17〕。

　　辭謂：

　　□其受㞢

　　不以龜

　　「□其受㞢」蓋問受不受佑助之類。

十七

摹釋：

　　□卜，蕈貞：□□。

　　卯卜，蕈貞：㞢于王。

校勘：

　　「□卜」之「□」餘「辰」字下半。「□□」之第二字摹釋釋「犬」，契文殘缺不全。「□□」第一個字左右結構從「戌」從「束」省，左側「戌」似斧斤形，蓋假作「咸」，疑即「緘默」的「緘」。

　　辭謂：

〔註17〕或謂此字即「黽」字，為蛙類。蓋不確。《周禮·蟈氏》「掌去鼃黽」，蓋為貴族生活所厭惡者。所謂「不以□」之「□」宜非黽類，蓋「小龜」也。董作賓先生以為文法，恐不確。參見《十三經注疏》整理委員會整理，李學勤主編：《十三經注疏·周禮注疏》，北京：北京大學出版社，1999年，第987頁。

卯卜，蕈貞：出于王？

辰卜，蕈貞：緘□？

依董作賓先生斷代理論，拓片蓋早期卜辭。「緘□」之「□」殘缺不全，蓋動物類，疑令動物不作聲之謂。《周禮》中有「銜枚氏」一職掌「司囂」，[註18]蓋亦與「緘□」相類之職事。

十八

摹釋：

貞□年於于壬

校勘：

「貞□」之「□」摹釋作上下結構，上部三個「十」字，下從「人」從「丰」省。

「貞□」之「□」疑讀如「耒」，「耒」猶「誄」，「誄年」即「祈年」之意。

辭謂：

貞：耒年于示壬？

蓋是貞詢要不要向示壬祈年。示壬為成湯祖父，「耒（誄）年于示壬」即祈求示壬庇佑年穀豐足之類。

十九

摹釋：

□曰吉其

帚姘

校勘：

「□」中字從「口」從「占」，為摹釋補寫之字，例釋「占卜」之「占」，契版殘缺不見惟餘一不全之短橫。「婦姘」亦為摹釋所補寫，契版「帚」字略可見其上部三撇，「姘」字惟餘「井」右上角之「十字」結構。契版「曰吉其」契行下仍有殘字。

〔註18〕參見《十三經注疏》整理委員會整理，李學勤主編：《十三經注疏‧周禮注疏》，北京：北京大學出版社，1999年，第990頁。

辭蓋謂：

　　□曰吉其□

　　□□

契版缺損文有湮滅意義不明。

《外編》拓片摹寫 020、021

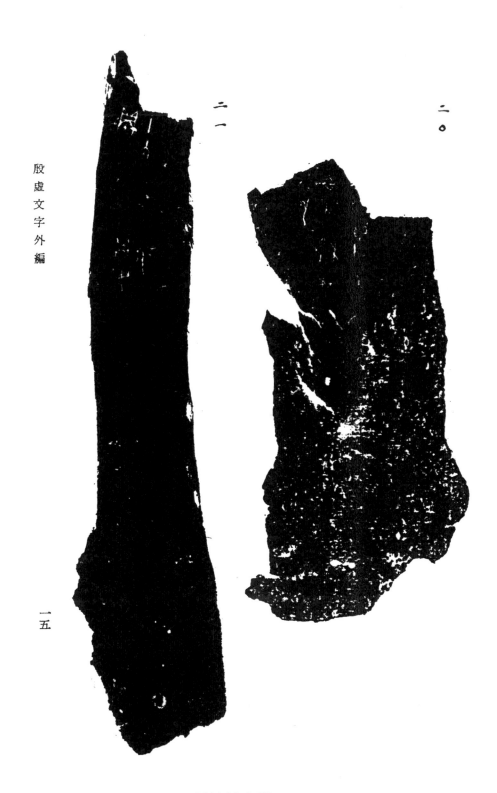

二一 二〇

殷虛文字外編

一五

《外編》拓片 020、021

二十

摹釋：

> 白人歸于河　□□羌臣　用

校勘：

「□□」之第一字殘缺難辨，第二字嚴先生之摹釋文字逕抄拓片，未作隸定。拓片「白人」上有一字疑讀如「貞」。「□□」之第二字疑讀如「冓」。摹釋所謂「白」「人」之「白」疑讀如「夏」〔註19〕，「白」「人」之「人」疑讀如「信」（參見摹釋拓片「零二一」）。摹釋所謂「臣」蓋應讀如「緊」。《左傳・成公四年》：「春，宋公使華元來聘。三月，壬申，鄭伯堅卒。」〔註20〕《字彙・未集・糸部》謂即「緊」〔註21〕，用為人名蓋亦古字。

中華文明傳自「結繩記事」時代，疑「緊」即司職「結繩記事」之「臣」。

辭蓋謂：

> 貞：「夏」信歸于河？　□冓羌緊，用？

依甲骨文例，辭蓋謂：

> □□（卜）□貞：「夏」信歸于河□？
> □□　□　□□冓羌？緊用？

二十一

摹釋：

> 貞：示氏。
> 貞：乎氏。

校勘：

摹釋所言「氏」字卜版契如「手臂作『◇』的人字」，蓋即上文所謂「夏信」之「信」。

〔註19〕此字舊釋「白」，恐不確。蓋即「夏朝」的「夏」字，「夏禹」百里而治，故字又用如「三百里揆文教，二百里奮武衛」的「百」。引文參見十三經注疏整理委員會整理，李學勤主編：《十三經注疏・尚書正義》，北京：北京大學出版社，1999年版，第169頁。

〔註20〕《十三經注疏》整理委員會整理，李學勤主編：《十三經注疏・春秋左傳正義》，北京：北京大學出版社，1999年，第716頁。

〔註21〕〔明〕梅膺祚：《字彙》，萬曆乙卯（1615）刊本。

契版上方「摹釋」所謂「示」疑為契文「呼（乎）」字之下半。

辭蓋謂：

　　貞：□信？

　　貞：乎信？

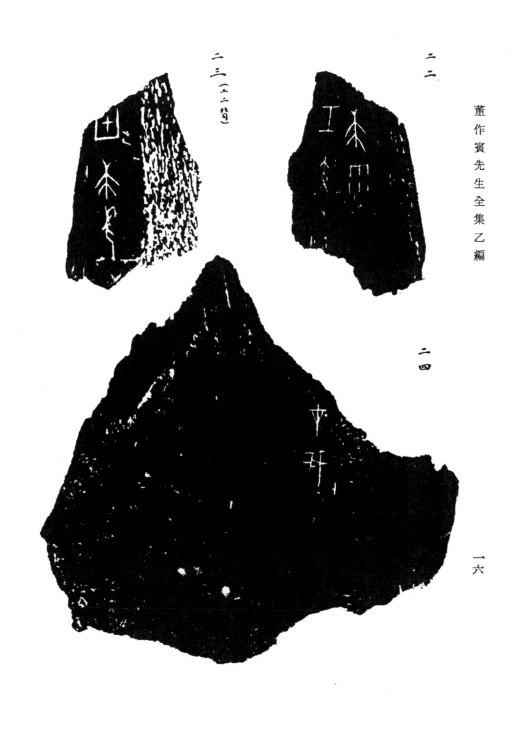

《外編》拓片 022、023、024

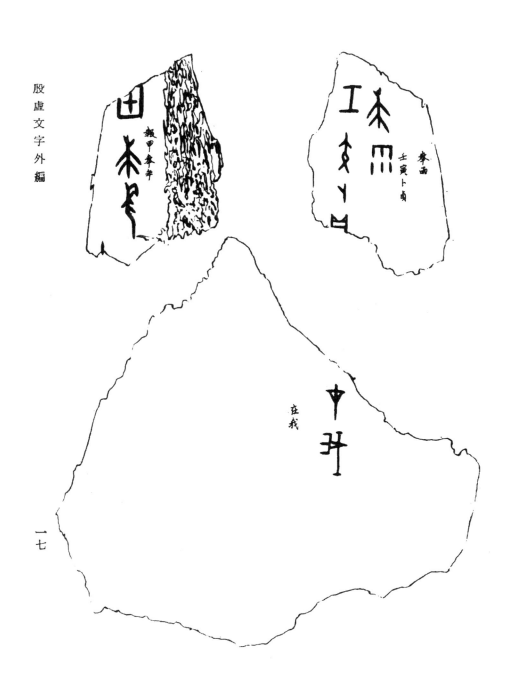

殷虛文字外編

一七

《外編》拓片摹寫 022、023、024

二十二

摹釋：

  壬寅卜，貞：□雨。

校勘：

  「□雨」之「□」即上所及「耒年」的「耒（誅）」。

辭謂：

  壬寅卜，貞：耒雨？

二十三

摹釋：

  報甲□年。

校勘：

  「□年」之「□」即上所及「耒年」之誅。「報甲」或曰「上甲微」。疑契版「上甲微」之上有「于」字，謂「（于）上甲微耒（誅）年」，猶拓片「零一八」「耒年于示壬」例。

辭蓋謂：

  □上甲微耒年

二十四

摹釋：

  在我

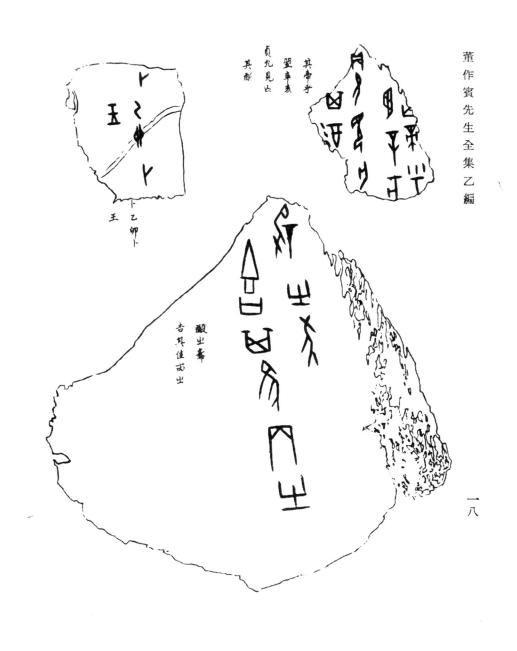

《外編》拓片摹寫 025、026、027

《外編》拓片 025、026、027

二十五

摹釋：

翌辛亥其帝乎

貞：允見凵其□

校勘：

「其帝」之「其」為摹釋所補寫，卜版僅剩字左下角一小部分。「其□」之「□」左右結構從「酉」從「彡」。「允見」之「允」，學者皆謂「允」，並舉《說文》中「允」之字形與契文此字比對為證，二者實有不同，宜讀如「系」。「從『酉』從『彡』」之字或謂為祭名，或謂釋為「酒」。

辭蓋謂：

「翌辛亥□帝乎？」

貞：「系『看凵

其酒』？」

二十六

摹釋：

卜乙卯卜　王

校勘：

契文「卜乙」之「卜」上，疑有其他干支記時字。

謂：

□□卜乙卯卜

王

二十七

摹釋：

吉其隹丙屮酘屮希

校勘：

卜辭「丙屮□」之「□」摹釋作「酘」，蓋以「辛」省作「酉」，不確。《說文》字形實與之相去懸遠。「屮希」之「希」《說文》謂為「豬」之徒，觀契版

契文，疑「尨」之類。

辭蓋謂：

　　吉。其隹丙出「報」出「尨」。

蓋貞問某事得吉卜。「其隹丙」蓋謂「惟丙那天」。「出」蓋祭名，契文字形與「世」相近，所謂「出」祭蓋所以「世之」也。「尨」與「報」蓋皆「報信」者類，故並祭之。

《外編》拓片 028、029、030

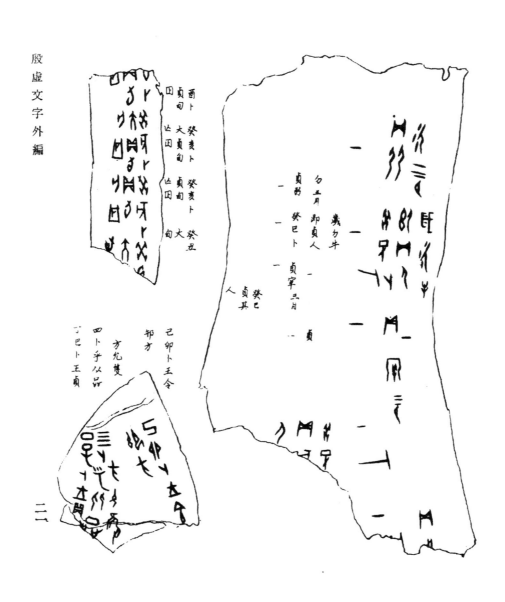

殷虛文字外編

《外編》拓片摹寫 028、029、030

二十八

摹釋：

> 貞弜□三月
>
> 癸巳卜即貞人歲□牛
>
> 貞□三月
>
> 貞
>
> 癸巳貞其人

校勘：

刻版「弜□」之「□」左右結構左「三個小點」右從類「示」字結構，摹釋字作「『勿』字少一『丿』」，「歲□」之「□」與之同。「貞□」之「□」刻版作「開口『回』字形『一』下接『羊』字造型」，摹釋字作上下結構上「宀」下「羊」，蓋「祭羊」。

「弜」蓋當讀作「質」。

左右結構左從「三個小點」右從類「示」字結構之契文蓋「祭祀」的「祭」。「花東甲骨」「祭」從「示」從「又」從「小點狀結構」，與契版從「小點狀結構」從類「示」字結構相近，「花東甲骨」契文「示」寫作「示」省，契版「示」作「｜」「丿」結構，蓋一為「契版」之「示」一為「結繩」之「示」。

契文「即」從「糸」從「人」蓋「係」字，刻版中用為「貞人」名，據董作賓先生考證蓋屬祖甲祖庚時期。

摹釋所及「貞人」之「人」當讀如「比」或「入」。

契版「其人」之「其」殘缺不全，「人」疑讀如「比」或「入」。

契版末尾「貞」字下有一字殘缺不全。

辭蓋謂：

> 貞：質「祭」三月？
>
> 癸巳卜，係貞：比歲祭牛？
>
> 貞：「□」，三月？
>
> 貞：比
>
> 癸巳貞□比

「『□』，三月」之「□」從「宀」從「羊」。

《周禮》有「酒人」之類，「係」從「人」從「係」蓋言職司「系事」，或即某結繩記事者的契文名，刻版用為「貞人」名，蓋其偶亦兼職占卜。

「係」為祖甲祖庚時期貞人，說明此版為二期卜辭。

二十九

摹釋：

> 酉卜貞旬□
> 癸亥卜大貞旬凵□
> 癸亥卜貞旬凵□
> 癸丑大旬

校勘：

「□」字從「口」從「卜」，例釋「卜辭」的「『卜』」。「酉卜貞」一條「酉、貞、□」三字皆有殘缺。「癸丑（卜）大旬」，「丑」與「旬」亦殘缺，摹釋所補寫。

辭蓋謂：

> □酉卜，貞：「旬□『卜』」？
> 癸亥卜，大貞：「旬凵『卜』」？
> 癸亥卜，貞：「旬凵『卜』」？
> 癸丑□，大□：「旬□□？」

三十

摹釋：

> 己卯卜：王令□方？
> 丁巳卜，王貞：四卜乎從□方允隻？

校勘：

「□方」之「□」契版作左右結構左「午」右「卩」，摹釋寫作左「午」右「阝」；「乎從□」之「□」作上下結構，上從「口」下從雙「止」，摹釋逕抄契版。

「令□方」之「□」字，疑讀如「允」。

「從□方」之「□」讀如「征伐」的「征」。

辭蓋謂：

　　　己卯卜：「王令允方？」

　　　丁巳卜，王貞：「四卜乎從征方，系『獲』？」

卜版兩條卜辭體勢相似，相去三十九天，或為同君同事之卜。第一條卜辭蓋戰場形式不利貞卜者問主政者是否已應允了「土方」〔註22〕，第二條卜辭則是君主自己貞問經過四次占卜攻打「土方」會不會最終有所收穫。

〔註22〕蓋即後「夏」部族。

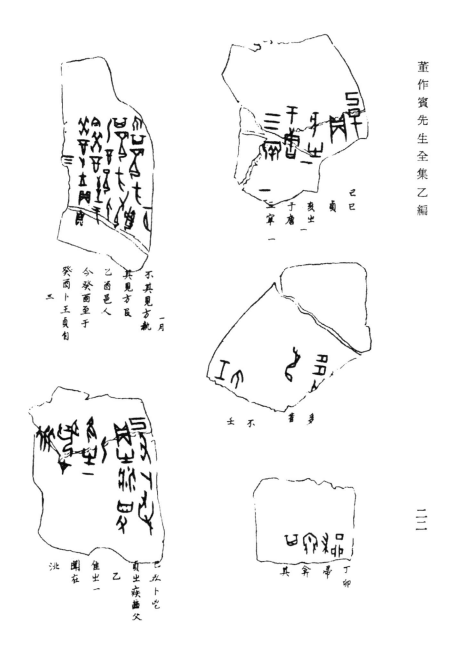

《外編》拓片摹寫 031、032、033、034、035

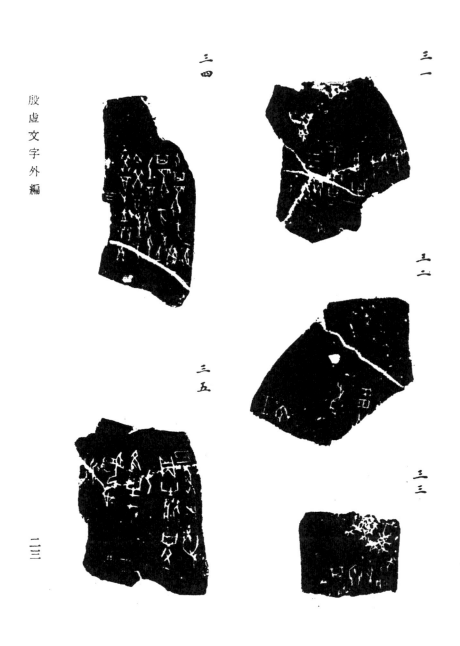

殷虛文字外編

《外編》拓片 031、032、033、034、035

三十一

摹釋：

　　　己巳貞亥屮于唐三□

校勘：

　　「□」字上下結構上「宀」下「羊」。

　　據先賢考證「屮于唐」之「唐」蓋即「天乙商湯」。

　　辭蓋謂：

　　　己巳貞：亥屮于唐三□？

　　蓋「甲子」旬貞問下一旬要不要向「湯」獻三隻祭羊。

三十二

摹釋：

　　　多　□　不壬

校勘：

　　卜版「多」下有一字殘缺不全。

　　「□」作上下結構，上「止」下「呂」，讀如「追」。

　　辭蓋謂：

　　　壬　不

　　　追

　　　多□

　　契版殘缺不全，其義不明。

三十三

摹釋：

　　　其奔帚丁卯

校勘：

　　摹釋所釋「奔」字，卜版作「雙手持物」狀，似雙手端詳兆象，疑讀如「學」。

　　辭蓋謂：

丁卯婦學其

疑契版所謂「婦學」即《周禮・天官》所言「婦學」之肇啟。

三十四

摹釋：

癸酉卜，王貞：自今癸酉至于乙酉，邑人其見方□、不其見方

執？一月。

校勘：

契版「邑人」疑讀如「邑妣」，「見」疑讀如「看」。

「方□」之『□』從「力」從「卩」摹釋隸定為「報」省。「方執」的「執」從「幸」從「女」省，摹釋隸定作「執」，蓋「婞」字。疑「方□」之「□」讀如「卬」，與「婞」相對。《爾雅》謂：「卬，我也。」郭璞注謂：「卬，猶姎也。」郝懿行亦稱：「卬者，與姎同。」〔註23〕《說文》謂：「姎，女人自偁我也。」〔註24〕「方卬」，蓋即「方姎」，疑即「（成為）我方」之義。「方婞」蓋即「婞方」，疑即「得僥倖」之「某方」。

辭蓋謂：

癸酉卜，王貞：自今癸酉至于乙酉，邑匕（妣）其看，「方」「卬」；

不其看，「方」「婞」？一月

蓋卜問是不是「邑妣」觀戰則「某方」歸順於我，不觀戰則「某方」得僥倖之義。疑其事與拓片「零零八」「二三南告『織妣』見乘徵『下禹』」事相近。

三十五

摹釋：

己丑卜，□貞：「屮疾□，父乙隹屮一□在□？」

校勘：

摹釋「屮疾□」之「□」指向人齒，摹釋隸定字模糊。

〔註23〕郝懿行：《爾雅義疏》，上海：上海古籍出版社，1983 年，第 97～98 頁。

〔註24〕〔漢〕許慎：《說文解字》，北京：中華書局，1963 年，第 264 頁。

　　「一□」之「□」摹釋作「聞」，卜版作兩手舉起一隻耳朵貼於右手外側之形，蓋指人一側之「腮」。「㞢疾」之「疾」即上文所及「休織」合文。遠古時期結繩而治，逢「休織」則諸事為阻，蓋「社會」與「生活」之「頑疾」，引申為「疾」。

　　辭謂：

　　　　己丑卜，乩貞：「㞢疾齒，父乙隹㞢一腮在忙？」

　　此「牙病」病情之貞。蓋武丁時期貞人貞詢武丁父小乙牙病之病情。

《外編》拓片 036、037、038、039

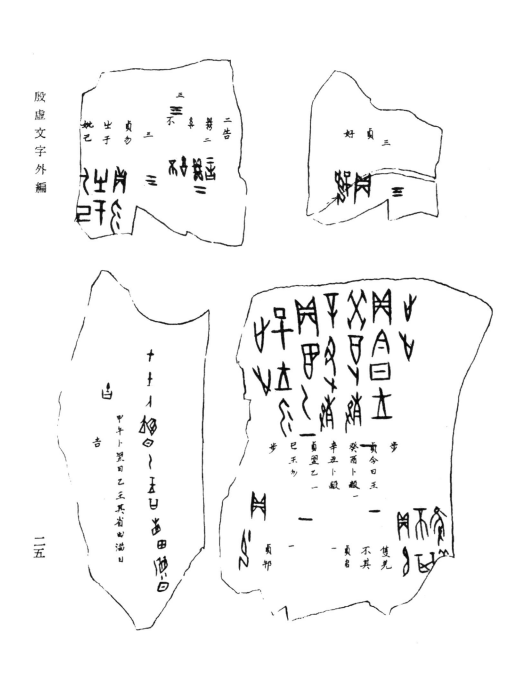

《外編》拓片摹寫 036、037、038、039

三十六

摹釋：

> 貞：好？

校勘：

「好」卜版從「女」從「子」。

「好」，疑指武丁妻「婦好」。

辭謂：

> 貞：好？

蓋問是婦好嗎？

三十七

摹釋：

> 癸酉卜，□貞：今日王步？
>
> 辛丑卜，□貞：翌乙巳王勿步？
>
> 貞：□不其隻□？
>
> 貞：□

校勘：

「□貞」之「□」，即上釋「覃」字，摹釋作從「南」從「殳」。「□不」之「□」摹釋作「師」省。契版「隻□」之「□」殘缺不全。「貞：□」之「□」摹釋從「午」從「阝」。頭兩條卜辭蓋君事之貞。

辭蓋謂：

> 癸酉卜，覃貞：今日王步？
>
> 辛丑卜，覃貞：翌乙巳王勿步？

《逸周書·世俘解》有「惟一月丙午旁生魄，若翼日丁未，王乃步自於周，征伐商王紂」[註25]之說，「步」者蓋出兵之義。疑謂「癸酉這一天出兵否？」「乙巳那天不出兵？」

摹釋從「午」從「阝」之字蓋讀如「允」。後兩條卜辭蓋與具體的戰事有關。

〔註25〕張聞玉譯注：《逸周書全譯》，貴陽：貴州人民出版社 2000 年版，第 141 頁。

辭蓋謂：

> 貞：「師不其隻□？」

> 貞：「允？」

摹釋「其隻」之「隻」當讀如「獲」，摹釋「□不其獲」之「□」讀如「師」。

《外編》所獲甲骨蓋皆出自安陽，均為盤庚遷都以後之契刻，據《花東甲骨》「盤庚」之「盤」或寫作從「行契」[註26]從「呂」結構，或徑寫作「呂」字，疑所謂「六師」之「師」即「盤庚」之「盤」，就字型結構來看，蓋後世所謂「官制」亦自「盤庚」時代來。《左傳・襄公十七年》「郯子」有「黃帝」「雲師而雲名」、「炎帝」「火師而火名」、「共工」「水師而水名」、「太皞」「龍師而龍名」、「少皞」「鳥師而鳥名」[註27]的記載，蓋遷居安陽地區後「商民」「盤師而盤名」。

三十八

摹釋：

> 貞：「勿出于妣己？」

> 「不□□。」告。

校勘：

「不□」之「□」即上云「以」。

辭蓋謂：

> 貞：「勿出于妣己？」

> 「不以龜。」告。

三十九

摹釋：

> 甲□卜翌日乙王其省田湄日□

校勘：

「甲□」之「□」契版模糊不清，隸定作「午」。「日□」之「□」上下結

〔註26〕參見本冊拓片「一百四十一」「校勘」部分。

〔註27〕《十三經注疏》整理委員會整理，李學勤主編：《十三經注疏・春秋左傳正義》，北京：北京大學出版社，1999年，第1360、1361頁。

構下為「口」上為一黑色箭頭。就契版拓片來看，契文蓋從「口」從「士」，讀如「吉」。「甲□」之「□」摹釋字形為「甲」下一「短線」，隸定作「午」，契版契文模糊字形結構較難分辨。

辭蓋謂：

　　甲□卜：「翌日乙，王其省田湄日吉？」

《爾雅》謂「水草交」為「湄」〔註28〕，湄左側之劃蓋指向「河邊」，「省田湄」或即到水邊查勘之義，疑當時之貴族農田即在「洹河」一側。

〔註28〕郝懿行：《爾雅義疏》，上海：上海古籍出版社，1983 年，第 904 頁。

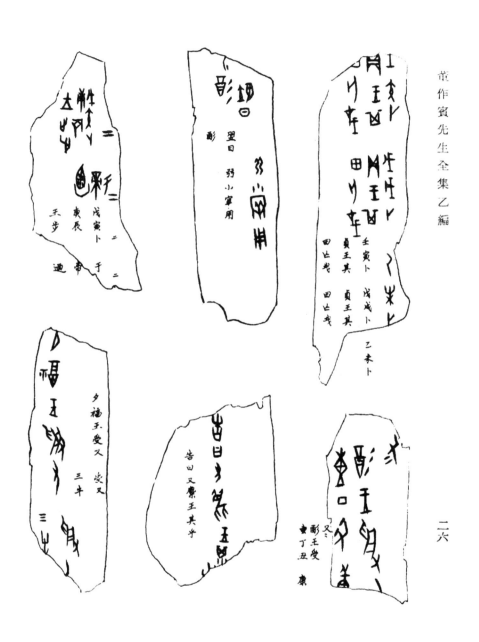

《外編》拓片摹寫 040、041、042、043、044、045

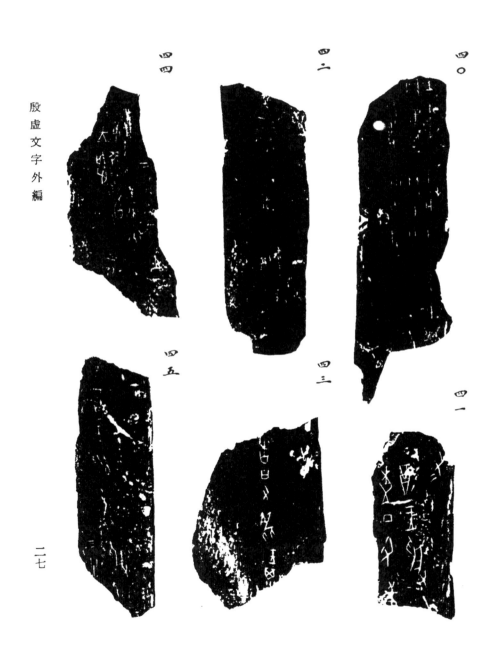

《外編》拓片 040、041、042、043、044、045

四十

摹釋：

> 壬午卜，貞：王其田凵戋？
>
> 戊戌卜，貞：王其田凵戋？
>
> 乙未卜

校勘：

卜版「凵□」之「□」為「在」與「戈」之合文，疑即讀如「哉」。

契版為晚期卜辭。

辭作：

> 壬午卜，貞：王其田凵哉？
>
> 戊戌卜，貞：王其田凵哉？
>
> 乙未卜

四十一

摹釋：

> □丁丑康□王受□

校勘：

「□丁」之「□」摹釋作「惠」省；「丁丑康□」之「□」左右結構從「酉」從「彡」，「丁丑」下契文從「羊」省從「庚」省，摹釋作「康」，契版契文殘缺不全；「受□」之「□」僅餘一劃，依契文語境蓋「凵」字。

「□丁」之「□」即「叀」字，從「酉」從「彡」之字甲骨學者或逕讀為「酒」。

契版一角「又」從「小點狀結構」，摹釋逕抄契版，疑謂「又又」，或即草書「有」之初文。

辭蓋謂：

> 叀丁丑□酒王受凵有

與酒有關意旨不明。

四十二

摹釋：

> 翌日□
>
> 弜小□用

校勘：

「翌日□」之「□」即上文提到的從「酉」從「彡」的「酒」字。

「翌日□」之「□」上有一字殘破。「弜」疑讀如「質」。

「小□」之「□」字從「宀」從「羊」，蓋謂「祭羊」。

辭謂：

> □
>
> 翌日酒
>
> 質小□用

蓋記飲酒事，謂第二天飲酒，質問為什麼用祭祀用的小羊。

四十三

摹釋：

> 告曰又麋王其乎

校勘：

「其」字下契文殘破，摹釋寫作「乎」。摹釋「乎」字旁仍有一字殘破難辨。

辭蓋謂：

> 告曰又麋王其乎□

蓋畋獵記事也。「乎」右側字疑「射」字。

四十四

摹釋：

> 戊寅卜庚辰王步于帝迺

校勘：

「迺」，契版作上下結構，上從「鹵」下從不規則的「凵」字，疑即後世所

謂「鹽」。

　　　　　戊寅卜，庚辰王步于帝鹽。

　　君事之占。蓋戊寅日卜得三天後君主將巡視「帝鹽」。《尚書・禹貢》「青州」以「鹽」[註29]為貢，疑契版言君主赴出鹽地巡視。

四十五

摹釋：

　　　　　夕福王受又受又三牛。

校勘：

　　摹釋補寫、「受又三牛」之「又」，殘破。「夕」字前蓋有缺字，如時間及貞人之類。

　　辭或謂：

　　　　　（□□卜，□貞：）夕，福王，受□？受又三牛。

　　此蓋趨利之貞，問夜裏致福君主會不會收到福報，逢「『得』三牛」之福。

〔註29〕十三經注疏整理委員會整理，李學勤主編：《十三經注疏・尚書正義》，北京：北京大學出版社，1999 年版，第 142 頁。

《外編》拓片 046、047、048、049、050

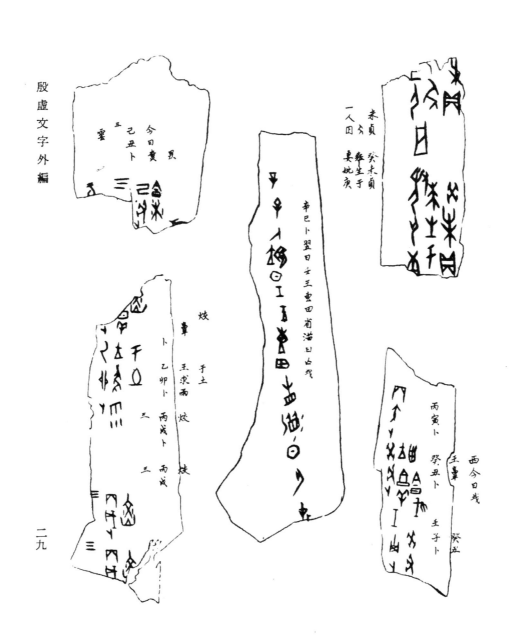

殷虛文字外編

二九

《外編》拓片摹寫 046、047、048、049、050

四十六

摹釋：

> □貞□一人□
>
> 癸未貞□生于妻妣庚

校勘：

　　摹釋「未貞」之「未」殘缺不全，摹釋補寫。「□一人」之「□」字摹釋逕抄卜版。「一人□」之「□」，從「囗」從「卜」，例釋「『卜』」。與上文所言從「囗」從「卜」之「『卜』」相比，此版所見「『卜』」有省筆。

　　「□生」之「□」即「誄年」之「誄」，「摹釋」從「卒」從三「十」，不確。

　　「貞□一人」之「□」疑讀如「祈」。摹釋所釋「一人」疑當讀如「一妣」。

　　「癸未貞」一條摹釋「妻」字旁「又」字蓋補寫，補刻者以「又」在卜辭兩行中間與一般的契文例有別，且「又」之第二筆體勢修長緊湊有因行距修形之疑。摹釋所謂「妻」疑讀如「先」，釋為「妻」似不確。

　　辭蓋謂：

> 癸未貞：祈一妣「『卜』」？
>
> 癸未貞：又未世于先妣庚？

「未（誄）世」之「世」疑指「世系」。

四十七

摹釋：

> 丙寅卜
>
> 癸丑卜，王□西，今日戋？
>
> 壬子卜
>
> 癸丑

校勘：

　　「□西」之「□」摹釋作上下結構上「高」下「羊」；「今日□」之「□」作左右結構左為「戈」右為斜向下的「屮」省，摹釋寫作「哉」之省。

　　「高羊」合文疑當讀如「牡羊」即「公羊」，摹釋「哉」之省疑讀「災」。

　　辭蓋謂：

丙寅卜

癸丑卜：王「牡羊」西，今日災？

壬子卜

癸丑

癸丑卜問君主的公羊西去是否意味著當天有災？

四十八

摹釋：

辛巳卜：翌日壬王叀田省湄日凵戈？

「凵□」之「□」摹釋作「哉」之省。

校勘：

此後期卜辭。「省湄」之「湄」左側契文結構蓋「河」之省，摹釋「省湄」
當讀如「省河湄」。

辭蓋謂：

辛巳卜：翌日壬王叀田省河湄日凵哉？

蓋辛巳日卜君上往田間察勘「河湄」的相關情況。

四十九

摹釋：

雲

己丑卜：今日尞？

昃

校勘：

摹釋「昃」契版殘缺不全。

「己丑卜」之「卜」殘缺。「雲」「昃」並為記事卜辭，「己丑卜今日尞」蓋
卜問己丑日當天要不要尞祭。「己丑卜」在「雲」「昃」中間疑日中卜問之辭。
蓋「大采」、「大食」左右天空有雲，遂以「雲」記之。

辭蓋謂：

雲

己丑卜：今日尞？

□

五十

摹釋：

卜　□　烄

乙卯卜，王求雨于土

丙戌卜　烄

丙戌　烄

校勘：

「□」字殘破，摹釋寫作拓片 047 所及「高羊」，疑「吉羊」合文。

契版蓋自下而上契刻。契版上側「卜　□烄」，「□烄」皆殘缺不全，蓋契版契文本為「□□卜，『吉羊』烄」，「土」疑讀為「夏」，「高羊」讀如「吉祥」。「烄」蓋當讀如「炆」。陶寺扁壺所見「文」[註30]字符號與契版所及摹釋所謂「烄」之上部符號相類，疑像先民結繩記事或編織魚網時繩線交織之狀，從「結繩記事」的角度來說「繩線交織」之象恰是早期「漢字」之由來。所謂「烄」蓋當以「炆」讀之。

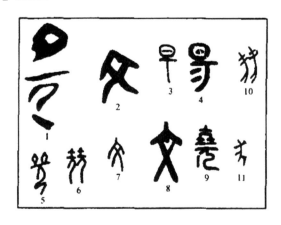

图一　陶寺朱书 "文字"

「屯南甲骨」有「二月，己酉卜，烄妹庚用，夕止雨？」[註31]的卜辭記

〔註30〕何駑：《陶寺遺址扁壺朱書「文字」新探》，載解希恭主編：《襄汾陶寺遺址研究》，北京：科學出版社，2007 年，第 634 頁。

〔註31〕「屯南甲骨」第「350」片，中國社會科學院考古研究所編著：《殷墟小屯村中村南甲骨》，昆明：雲南人民出版社，2012 年，第 277 頁。

錄，「㸒」蓋為某種驅雨儀式，不當釋「焌」。摹釋「求雨」之「求」即上文所言「祈」。

辭蓋謂：

丙戌卜，㸒

丙戌□，㸒

乙卯卜，王祈雨于夏

□□卜，「吉祥」，㸒

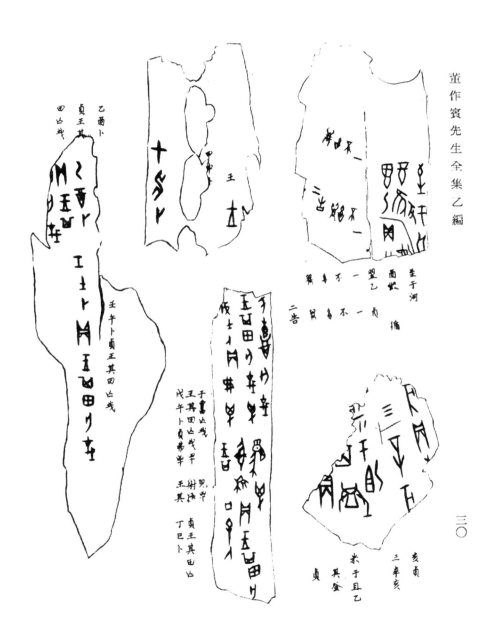

《外編》拓片摹寫 051、052、053、054、055

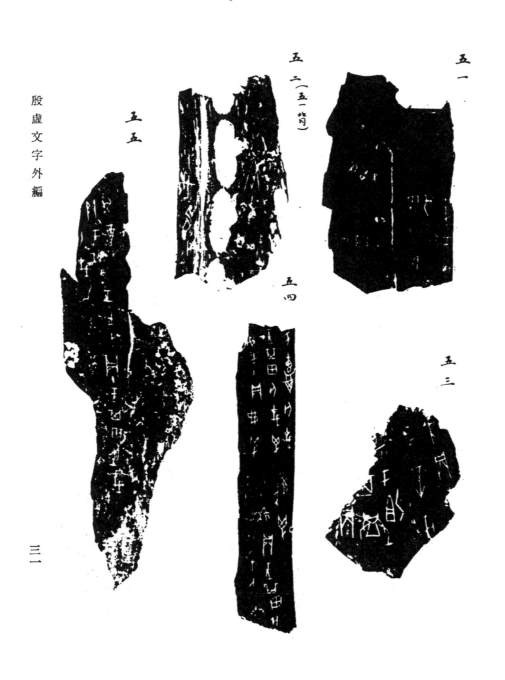

五一

五二（五一背）

五五

殷虛文字外編

五四

五三

三一

《外編》拓片 051、052、053、054、055

五十一

摹釋：

> 不□□
>
> 不□□告
>
> 翌乙酉□至于河
>
> 貞　循

校勘：

「不□□」即拓片「零一六」所及「不以龜」。「□至」之「□」摹釋作左右結構左「隹」右「殳」。摹釋所及卜版「循」字殘破，卜版「貞」字下有一字殘破。左「隹」右「殳」之字疑當讀作「隹反」。「貞　循」之「循」疑即「德」字。

> 辭蓋謂：

> 翌乙酉隹反至于河。

依文法「翌乙酉隹」蓋當讀如「隹翌乙酉」。蓋記事契文，謂第二旬乙酉回遷到河邊。

契文中「隹又」合文讀如「獲」，契文「隹反」從「隹」從「丁」從「又」，疑謂「鶴」。

> 契版或當作：

> 不以龜
>
> 不以龜告
>
> 翌乙酉隹（鶴）反至于河
>
> 貞　德

《周易》有謂：「鶴鳴在陰，其子和之。」[註32]契版所及蓋即昔年先民所見鶴類往返遷徙之記錄。

〔註32〕《十三經注疏》整理委員會整理，李學勤主編：《十三經注疏·周易正義》，北京：北京大學出版社，1999年，第243頁。

五十二

摹釋：

> 甲申卜
>
> 王

五十三

摹釋：

> 貞其登米于祖乙
>
> 辛亥
>
> 亥貞

校勘：

契版「貞」、「其」、「米」殘缺不全。「辛亥」之「亥」殘缺不全。「亥貞」下亦有一字殘缺不全。

摹釋所釋「登」疑讀如「氊」。「米于」之「米」從「一」從「小點狀結構」，蓋「上下對應」義，疑讀如「符」。「符于祖乙」蓋用為動詞，指「作為祖乙的符號」。「其」蓋讀如「織」。

辭蓋謂：

> 亥貞□
>
> 辛亥
>
> 貞：其「氊」，符于祖乙？

蓋早期結繩而治時代先民生活之掠影。

五十四

摹釋：

> 戊午卜貞弗□
>
> 王其田凵戋□
>
> 於□凵戋
>
> 王射兕其□□
>
> 丁巳卜貞王其田凵

校勘：

「弗□」之「□」作上下結構，上「凶」下「十」，「匕□□」、「其□□」中後一字，與之同。摹釋「戈」疑讀如「哉」。「射兒」之「兒」狀如鳥，摹釋作「兒」恐不確。「兒□□」之後一字摹釋遜抄契版契文。摹釋所釋「戊午」之「午」卜版契作「士」，與摹本圖版三十九「甲午」之「午」同。

疑從「凶」從「十」之字，蓋從「其」從「十」，「其」假作「織」，謂「織甲」，結合拓片「零一五」對「織」與「結繩字」的分析以及契版所見「小乙」的寫法，疑「織甲」指「小甲」。「射兒」之「兒」蓋當隸定作「鳥」〔註33〕，摹釋「射兒」「射」下讀如「葵」。

此商後期卜辭。就內容來看，蓋先刻「丁巳」一條，後刻「戊甲」一條。其時所謂「織甲」疑指官僚群體中善結繩記事者。

辭蓋謂：

> 丁巳卜，貞：王其田匕戈？
>
> 王其射葵鳥「織甲」
>
> 戊午卜，貞：弗「織甲」，王其田匕戈？「織甲」于□匕戈？

「于□」之「□」上下結構，上從「東」中從「皿」下從「其」省，「其」蓋假作「織」，謂「東織皿」。蓋「小甲」時代為結繩而治時期。此版所謂「織甲」、「東織皿」蓋皆以「結繩記事」為言。

五十五

摹釋：

> 乙酉卜，貞：王其田匕戈？
>
> 壬午卜，貞：王其田匕戈？

校勘：

摹釋所釋「壬午」之「午」作「士」，與摹本圖版「三十九」「甲午」同，蓋即「壬午」。「乙酉卜」一條「田匕」二字殘缺。

「戈」疑讀如「哉」。

辭蓋謂：

〔註33〕純就契文字形來看，疑契文指向「雎」，今人或謂之「魚鷹」。

壬午，卜，貞：王其田㠱哉？

乙酉卜，貞：王其田㠱哉？

《外編》拓片 056、057、058、059、060

殷虛文字外編

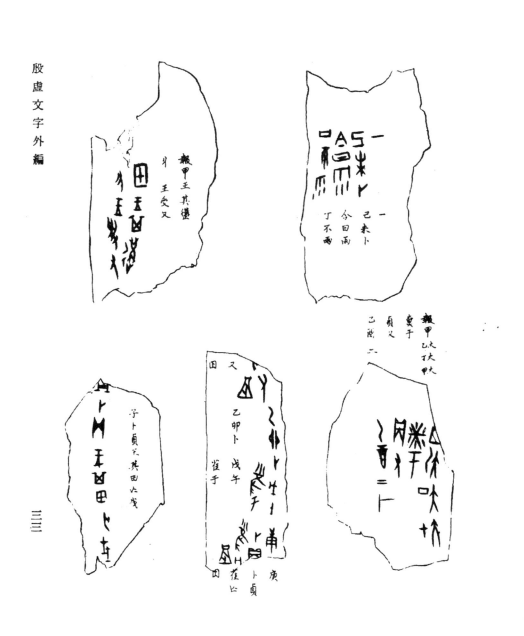

三三

《外編》拓片摹寫 056、057、058、059、060

五十六

摹釋：

> 己未卜今日雨丁不雨

校勘：

依傳統的天干地支時間邏輯，「己」日在後，契文不當再以「丁不雨」為言，疑摹釋「丁」字讀如「骨」，或與上文所謂「烄」的驅雨儀式有關。

辭蓋謂：

> 己未卜，「今日，雨」，「骨」，「不雨」？

五十七

摹釋：

> 乙酉貞又尞于報甲　大乙、大丁、大甲

校勘：

摹釋所補「報甲」契版契文殘缺不全，字形只剩左下角一部分。釋「報甲」，略牽強。

契版卜辭當作：

> 乙酉貞：又尞于「報□」、大乙、大丁、大甲？

五十八

摹釋：

> 又□
>
> 乙卯卜
>
> 戊午雀于
>
> 庚　卜貞雀凵□

校勘：

「□」即上所謂從「口」從「卜」之「『卜』」字。「又□」上之字、「卜貞」之「貞」、「雀凵」之「凵」殘破。

卜辭常見「旬凵『卜』」之契文記錄，此版言「□凵『卜』」，摹釋作「雀」，字從「八」從「隹」，蓋讀如「惟」。

依「乙卯」、「戊午」推勘,「庚□」蓋謂「庚申(日)」。

辭當作:

　　□又「卜」

　　乙卯卜戊午「惟」于

　　庚(申)卜,貞:「惟」凵「卜」?

　　摹釋「貞雀」之「雀」就字形來看既可讀如「雀」亦可讀如「惟」,蓋文字創造之初固有之常情。又商部族曾長期居住於今山東地域內,古東夷本是中華文明最古老的發祥地之一,就出土文物來看東夷地區一有著濃烈的鳥圖騰傳統,二大約亦是遠古「結繩而治」的文明聚居區,疑以「忄隹」作「惟」讀如「雀」恰是東夷地區古老文明傳統的文字印記。在林林總總的契文字形中該字似當稱作「東夷字系」字。

五十九

摹釋:

　　報甲王其□　　□　　王受又

校勘:

　　「其□　□」,「『□』(一)」卜辭從「彳」、從「冓」、從「止」,摹釋隸定作從「彳」「冓」從「正」,「『□』(二)」契文像「彳」。疑第一字釋「遘」,第二字為「示」。摹釋所釋「報甲」疑即「畋獵」的「田」字。

辭蓋謂:

　　田,王其遘,示王受又。

六十

摹釋:

　　子卜,貞:王其田亡戋?

校勘:

　　契版「子」字殘破,惟餘底部。

　　摹釋「戋」,疑讀作「哉」。

辭蓋作:

　　□卜,貞:王其田凵哉?

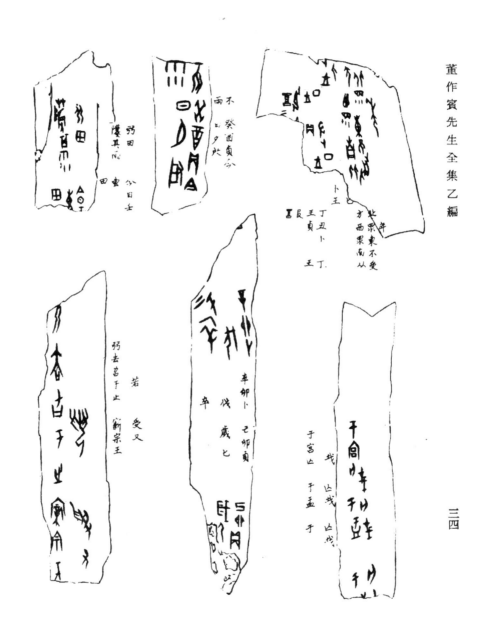

董作賓先生全集乙編

三四

《外編》拓片摹寫 061、062、063、064、065、066

《外編》拓片 061、062、063、064、065、066

六十一

摹釋：

> 卜王匕方西眔、南從、東不、北眔受年。
>
> 丁丑卜王貞□□
>
> 丁　王

校勘：

摹釋所言「王匕」上一字殘破，疑「貞」字。「王貞」下「□□」之間有字殘破。

摹釋所釋「方西眔」之「方」蓋「令」字。「東不」之「不」蓋「隹」字。摹釋「王貞□」之「□」作「報」省，疑即「允」字，「貞□□」之後一字字形奇特怪異疑讀如「映」。

辭蓋謂：

> 卜，王妣令西眔南從東隹北眔受年？
>
> 丁丑卜，王貞：允□映？
>
> 丁（丑）卜：王（貞）

《說文》謂「目相及」〔註34〕曰「眔」，「北眔」、「西眔」者蓋指商之西北屬地。

據筆者研究安陽地區作為都城之初，遷居之貴族聚居地蓋恰在洹河「几」字形河道東側一帶，其時盤庚的宮殿蓋在聚居區中央，宮殿西北、西南及東南惟有約六間房屋作為貴族群體的居所。疑所謂「西眔南從東隹北眔」一類皆以此為言。契文「眔」蓋「目織」合文，「西『目織』」、「北『目織』」，蓋即當時貴族群體結繩記事場所的方位指稱。

六十二

摹釋：

> 于宮匚戈
>
> 于盂匚戈
>
> 于□匚戈

〔註34〕〔漢〕許慎：《說文解字》，北京：中華書局，1963年，第72頁。

校勘：

「凶戋」即上所言「凶哉」。「于□」,「□」中之字有殘缺。

辭謂：

于宮凶哉？

于盂凶哉？

于□凶哉？

六十三

摹釋：

不雨

癸酉貞：今日夕啟？

六十四

摹釋：

辛卯卜伐□

己卯貞歲匕

校勘：

「伐□」之「□」摹釋作「卒」。摹釋漏釋其上側契文「于」。

就卜版來看摹釋「伐□」之「□」當作「衣」。「匕」蓋即「妣」字，契文謂「歲妣□」。花東甲骨多見「歲妣□」一類記載。

辭蓋謂：

己卯貞：歲妣□

辛卯卜，伐于衣？

「伐於衣」，以「衣」言「伐」，「衣」蓋指「製衣作坊」。契文「于」字旁有契文「二」疑衍入。

六十五

摹釋：

弜田□其雨

今日壬叀田

校勘：

「□」從「又」從「辰」從「丰」。「今日壬叀」，「壬叀」字有殘缺，摹釋所釋「壬」殘缺難辨。

「□」字，從「又」從「艸」從「丰」從「辰」，疑「辰」「又」即「鋤草」之「鋤」，「丰」「草」蓋謂「草多」，「田□」之「□」蓋會「鋤草」義，為合文。

辭蓋謂：

質：田「鋤丰草」，其雨？

今日□叀田

「鋤丰草」，從「辰」從「丰」，就相關文獻來看「丰」蓋即「花東甲骨」所見從「丰」從「系」，「契」〔註35〕之「丰」字形結構，字形象《詩》所謂「茨」即「蒺藜」，《詩》有「牆有茨，不可掃」、「牆有茨，不可襄」、「牆有茨，不可束」〔註36〕之言，蓋所謂「丰草」即「蒺藜」，「鋤丰草」即「鋤蒺藜」，疑契刻者田間鋤草，當日逢雨，遂以契版記其事。

六十六

摹釋：

弜去□于止□宗王□受又

訂正：

「去□」之「□」摹釋作上下結構上「力」下「口」。「止□」之「□」摹釋作上下結構上「宀」下「新」。「王□」之「□」例釋「若」，疑當讀作「黽」，「弜」讀如「質」。

「去□」之「□」摹釋作上下結構上「力（疑『毛』）」下「口」，疑讀「惱」。

「□宗」之「□」，疑即「新」字。

辭蓋謂：

〔註35〕「摹本圖版五」，載中國社會科學院考古研究所編著：《殷虛花園莊東地甲骨》，昆明：雲南人民出版社，2003 年版，第 81 頁。

〔註36〕《十三經注疏》整理委員會整理、李學勤主編：《十三經注疏・毛詩正義》，北京：北京大學出版社，1999 年，第 182 頁。

質吞協于止黽，新宗王受又。

　　《甲骨文合集》有「貞王其吞□弗告于祖乙其出『卜』」〔註37〕的契文記錄。疑「吞協」之「吞」與之義同。就契版書寫方式看似祖庚祖甲時期契文記錄。《合集》所載蓋「武丁」卜辭。疑武丁昔年之舉為祖庚祖甲所不滿。蓋武丁時期「結繩記事」在文明傳承中依舊居於非常高的位置，「貞人」進行「占卜」先需告於「祖乙」方可為之，至於祖庚祖甲之世，新王上任不免對武丁昔年之舉稍有質疑，遂有「質吞協」之言。所謂「新宗」或即「甲骨」貞人群體，「王」疑為「祖甲」。

〔註37〕《甲骨文合集》第「39572」片。

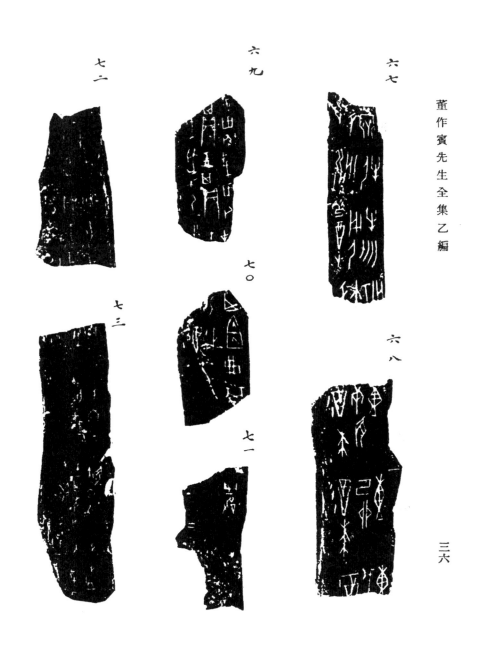

《外編》拓片 067、068、069、070、071、072、073

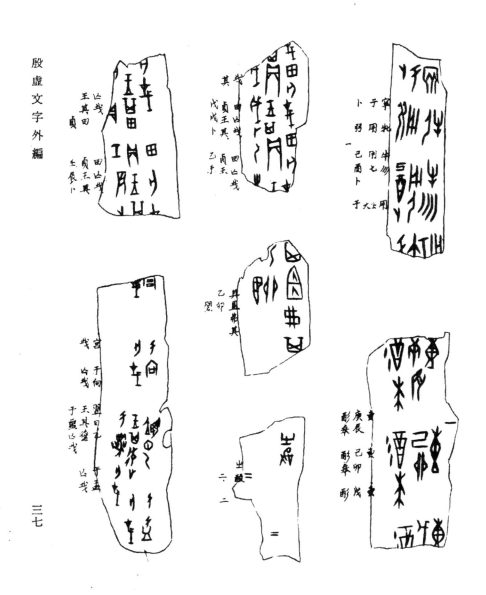

《外編》拓片摹寫 067、068、069、070、071、072、073

六十七

摹釋：

> 卜于□
>
> 弜用匕牛
>
> 己酉卜用匕牛□
>
> 于大壬用

校勘：

「卜于□」之□摹釋作上下結構上「宀」下「羊」，蓋祭羊。「用匕牛□」之「□」卜版作四「撇」，摹釋逕抄卜版。「于大壬用」契版契文皆殘破。「弜」即「質」。

「匕牛」蓋《易》所謂「牝馬」之類。

辭謂：

> 卜于□
>
> 質用匕牛
>
> 己酉卜：用匕牛「四十」？
>
> 于大壬用

六十八

摹釋：

> 叀庚辰□□
>
> 叀己卯□□
>
> 叀戊□

校勘：

摹釋「□□」第一字從「酉」從「彡」，第二字逕抄契版。「從『酉』從『彡』」之字疑讀如「酒」。

商周時期飲酒成風，周代乃有《酒誥》之作。卜版「庚辰」在「己卯」之上，蓋「戊□」即「戊寅」。

辭蓋謂：

> 叀，戊（寅），酒（采）；

　　　　　　叀，己卯，酒耒；

　　　　　　叀，庚辰，酒耒。

「叀庚辰酒」之契文「酒」殘破，「叀戊酒」三字亦殘破。「耒（誄）」蓋頌讚之類，貞人「（酒）耒（誄）」之具體指向契版沒有言明。

六十九

摹釋：

　　　　　　其戈

　　　　　　戊戌卜貞王其田凵戈

　　　　　　乙未貞王田凵戈

校勘：

「其□」之「□」殘破。「乙未貞王田亡戈」句「未」、「戈」、「田」、「王」皆殘破。依契版所載，契版所及「其戈」蓋本亦作「其田亡哉」。

　　辭蓋謂：

　　　　　　其（田凵）哉？

　　　　　　戊戌卜，貞：王其田凵哉？

　　　　　　乙未貞王田凵哉？

七十

摹釋：

　　　　　　翌乙卯其□弗其

校勘：

「其□」之「□」即古「宜」字。

　　辭蓋謂：

　　　　　　翌乙卯其宜弗其（宜）？

七十一

摹釋：

　　　　　　出酘

校勘：

「酘」蓋讀如「報」。

辭蓋謂：

出報

七十二

摹釋：

貞王其田凵弌

壬辰卜貞王其田凵弌

校勘：

第一條「貞」、「亡」，第二條「卜」、「其」、「弌」，殘缺。摹釋「凵弌」之「弌」，疑讀如「哉」。第一條「貞」字上仍有一字，蓋「凵」字。

辭謂：

凵

貞：王其田凵哉？

壬辰卜，貞：王其田凵哉？

蓋與摹本拓片第四十、第四十八、第五十四、第五十五、第六十、第六十二片所及內容皆為同類卜辭。

七十三

摹釋：

宮弌

于向凵弌

翌日乙王其□于□凵弌

于盂凵弌

校勘：

「宮弌」二字殘缺。「于向」之「向」疑從「戈」從「口」讀如「或」；「其□于」之「□」卜版從「屯」從「彳」從「止」，摹釋字模糊難辨，當為「迍」字，「于□」之「□」漫漶難識，摹釋釋「噩」夢的「噩」，蓋不確，疑讀如「櫷」。

辭蓋謂：

□宮□哉？

于或凵哉？

翌日乙王其迺于「橝」凵哉

于盂凵哉

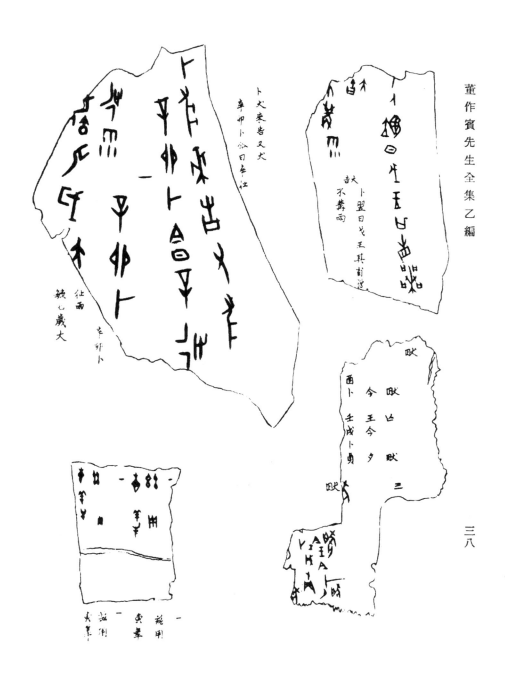

《外編》拓片摹寫 074、075、076、077

《外編》拓片 074、075、076、077

七十四

摹釋：

> 卜翌日戈王其省□大吉
>
> 不菁雨

校勘：

摹釋所釋「翌日戈」之「戈」字疑摹本圖版漫漶，當作「戊」字。疑「省□」之「□」即上文所釋「櫃」字。契文「卜」之上有殘字。

辭蓋謂：

> □卜，翌日戊王其省「櫃」，大「吉」，不菁雨。

七十五

摹釋：

> 卜犬來告又犬
>
> 辛卯卜今日辛□
>
> 辛卯卜
>
> □雨
>
> 毓匕歲大

校勘：

「卜□」之「□」疑讀如「拆」，摹釋所釋誤。「拆」從「手」從「床」蓋會「床手」合文，疑指向「結繩記事」女性貴族遠古時期「床上」進行的「結繩記事」或「繩卜」類活動。《字彙·手部》謂「拆同析」〔註38〕，《玉篇·手部》亦謂「拆」即「俗析字」〔註39〕，「占卜分析」恰「卜人」之「官職」，「卜『析』來告又『析』蓋即「卜人之職」的契文記錄。「辛□」之「□」與「□雨」之「□」同，摹釋作左右結構左「彳」右「止」，疑讀如「征」。摹釋所釋「毓」字殘缺，「大」字殘缺。所謂「毓匕」疑讀如「姪持」。就契版拓片來看，「卜『析』」之「卜」疑到「丨」，就彩契文字來看，疑「拆」義如「版」，「丨」「拆」或即「織拆」、「底版」一類。契文左「彳」右「止」之字疑假行

〔註38〕〔明〕梅膺祚：《字彙》，萬曆乙卯刊本。
〔註39〕〔梁〕顧野王：《宋本玉篇》，北京：中國書店，1983 年，第 127 頁。

「丁」讀如「遇」。「又犬」之「又疑假作「系」

辭蓋謂：

丨「捐」來告係「捐」

辛卯卜今日辛丁（遇）

辛卯卜

征雨

姪持歲大

依契版契文，辭蓋謂：

辛卯卜，今日辛遇丨捐來告「系『捐』」？

辛卯卜，遇雨，姪持歲大。

七十六

摹釋：

□

酉卜今□

壬戌卜貞王今夕凵　　□

□

校勘：

「□」摹釋作左右結構左從「『卜』」、右從「犬」，誤，蓋「捐『卜』」合文。摹釋左下側、右上側各有一字殘缺不全，就契版契文看蓋亦「捐『卜』」合文。

摹釋「酉」並契版左側一字殘缺不全。

辭蓋謂：

□

「捐『卜』」

□卜，今「捐『卜』」？

壬戌卜，貞：王今夕，凵「捐『卜』」？

「捐『卜』」

七十七

摹釋：

> 叀□茲用

> 叀□茲用

校勘：

「叀□」之「□」摹釋作「羊牛」合文。蓋即「牪」字。

辭蓋謂：

> 專牪茲用

> 叀牪茲用

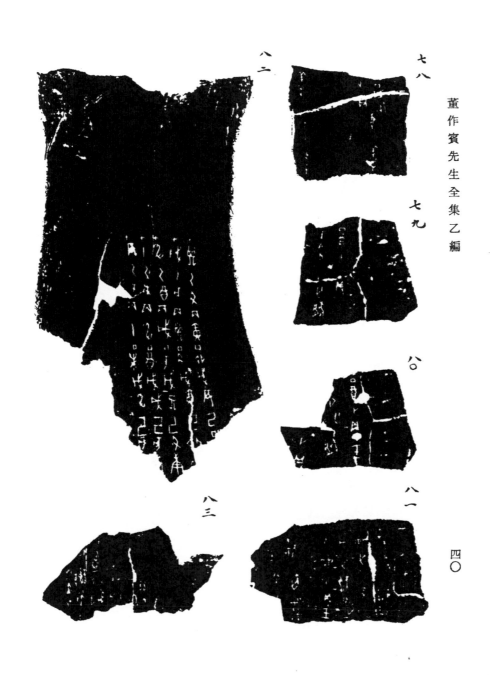

《外編》拓片 078、079、080、081、082、083

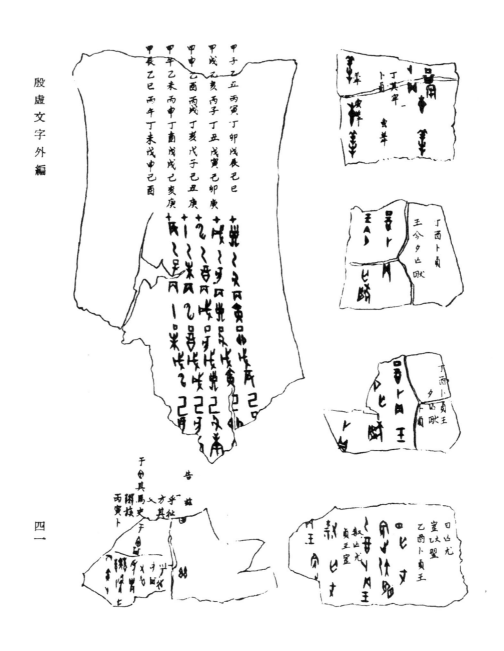

《外編》拓片摹本 078、079、080、081、082、083

七十八

摹釋：

> 卜貞叀□丁其牢
>
> □　叀　□

校勘：

「□」中之字摹釋寫作「羊牛」合文，即「牪」字。

契版「卜」與「丁」字上當有缺文。

辭蓋謂：

> □□卜，貞：叀，牪，□□丁其牢？
>
> 牪　叀　牪

七十九

摹釋：

> 丁酉卜，貞：王今夕屰□？

校勘：

「□」疑即拓片「零七六」契版所刻「犾『卜』」合文。摹釋作左右結構左從「『卜』」右從「犬」。

辭蓋謂：

> 丁酉卜，貞：王今夕屰「犾『卜』」？

八十

摹釋：

> 丁酉卜，貞：王夕屰□？
>
> 卜，貞

校勘：

「□」疑即拓片「零七六」契版所刻「犾『卜』」合文。「卜貞」之「貞」文有缺。

辭蓋謂：

> 丁酉卜，貞：王夕亡「犾『卜』」？
>
> 卜，貞

八十一

摹釋：

> 貞王□止□匚□
>
> 乙酉卜，貞：王□止，大乙翌日匚□？

校勘：

「□止」如拓片「零零一」「核貞」之「核」。「止□」之「□」摹釋作從「木」從「示」從「又」，疑讀如「隸」。「匚□」之「□」，摹釋作「尤」。

辭蓋謂：

> 貞：王核止，隸匚尤？
>
> 乙酉卜，貞：王「核止」，大乙翌日匚尤？

契版殘缺其義不明。

八十二

摹釋：

> 甲辰乙巳丙午丁未戊申己酉
>
> 甲午乙未丙申丁酉戊戌己亥庚
>
> 甲申乙酉丙戌丁亥戊子己丑庚
>
> 甲戌乙亥丙子丁丑戊寅己卯庚
>
> 甲子乙丑丙寅丁卯戊辰己巳

契版甲子旬「己巳」之「巳」殘破。契版下方「己亥」、「己卯」行「庚」字殘破。

八十三

摹釋：

> 丙寅卜□族于□其馬史又方其乎□告茲

校勘：

契版「□族」之「□」左右皆為「糸」字，中間從「大◇」合文，疑讀如「『世系』『大夏』」合文。「于□」之「□」作「尖頭」狀，疑符示「毒箭」。「又□」之「□」漫漶難辨。「乎□」之「□」疑假作「遇」。

摹釋漏釋「又□方」之「□」，觀契版拓片蓋「卣」字。

辭蓋謂：

　　丙寅卜，「『世系』『大夏』」族亡于「毒箭」，其「紋史」又卣核，
其乎遇茲，告。

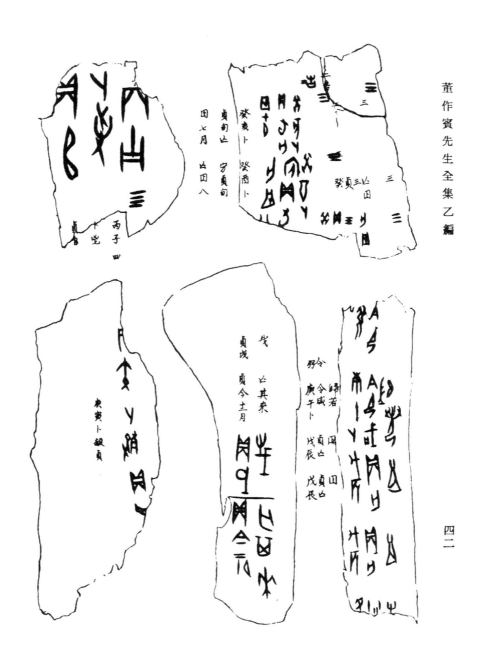

《外編》拓片摹本 084、085、086、087、088

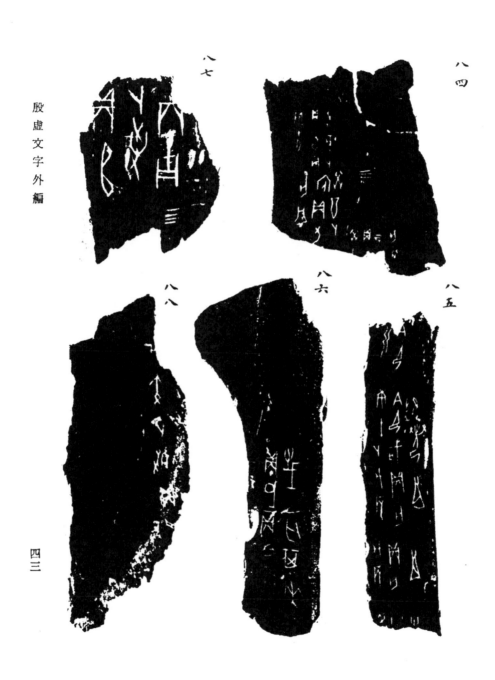

《外編》拓片 084、085、086、087、088

八十四

摹釋：

　　　告

　　癸　貞匕□

　　癸亥卜貞旬匕□七月

　　癸酉卜□貞旬匕□八

校勘：

　　「亡□」之「□」從「囗」從「卜」，例釋「『卜』」；「□貞」之「□」即
「核貞」的「核」。

　　按契版提及「七月」又提及「八（月）」疑「癸　貞匕□」條為「九月」
之卜。

　　辭蓋謂：

　　　告

　　癸亥卜，貞：旬匕「『卜』」？七月

　　癸酉卜，核貞：旬匕「『卜』」？八（月）

　　癸　貞，（旬）匕「『卜』」？

　　「旬」亡卜，疑指「結繩記事」群體對「龜占」群體的影響。

八十五

摹釋：

　　　弜令

　　庚午卜令咸歸若

　　戊辰貞匕□

　　戊辰貞匕□

校勘：

　　卜版第二條「戊辰貞」下有三字殘破。「匕□」之「□」從「囗」從「卜」，
例釋「『卜』」。「弜」讀如「質」，「若」讀如「囻」，「咸」疑讀如「國」。

　　辭謂：

　　　質令

　　　　庚午卜令國歸「黽」

　　　　戊辰貞凵卜

　　　　戊辰貞凵卜

　　　　□□□

或當作：

　　　　□□□

　　　　戊辰貞凵「卜」

　　　　戊辰貞凵「卜」

　　　　庚午卜令國歸「黽」

　　　　質令

甲骨資料當中有商劫夏「結繩記事」的記載，疑「歸『黽』」之說即歸還「結繩記事」之類。

八十六

摹釋：

　　　　貞：戊戋？

　　　　貞：今十二月凵其來？

校勘：

「戋」疑讀如「裁」。

辭蓋謂：

　　　　貞：戊裁？

　　　　貞：今十二月凵其來？

貞人蓋貞詢十二月有沒有來訪。據董作賓先生考證武丁時安陽西有「戊」與殷交好，所謂「戊裁」，契版材料有限，其義不明。

八十七

摹釋：

　　　　丙子卜□貞□

校勘：

「卜□」之「□」摹釋作上下結構上「凶」下「匕」，即拓片「零三五」

之「乩」字。「貞□」之「□」從「𠯑」從「丿」，蓋讀如「師」。

　　辭蓋謂：

　　　　丙子卜，乩貞：師？

「師」在卜辭中可能指「師盤」，又或指「盤庚」，也可能指「軍隊」。

八十八

摹釋：

　　　　庚寅卜殼貞

校勘：

　　「庚」字摹釋補。「殼」即上釋「蕈」。「貞」下有字，殘破不識。

　　辭蓋謂：

　　　　庚寅卜蕈貞□

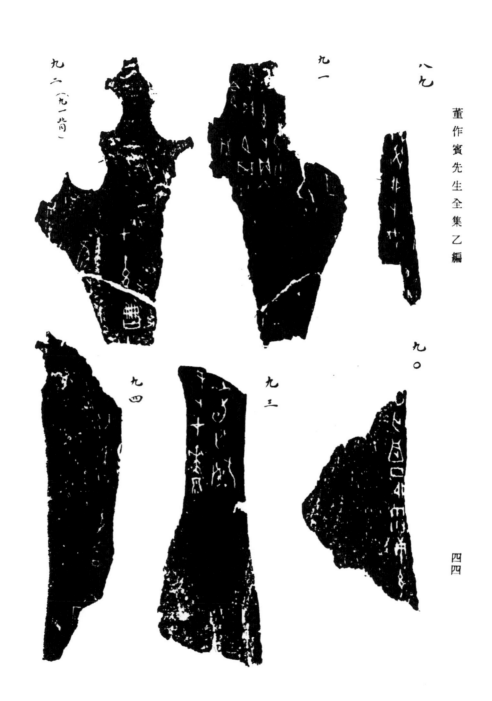

《外編》拓片 089、090、091、092、093、094

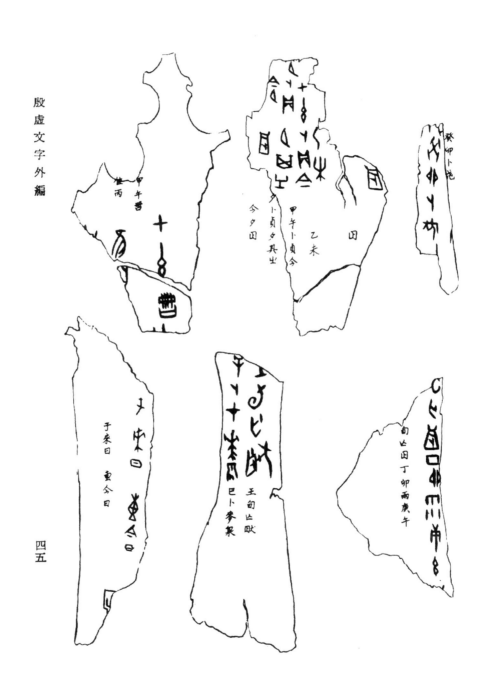

《外編》拓片摹本 089、090、091、092、093、094

八十九

摹釋：

> 癸卯卜□

校勘：

「卜□」之「□」疑讀如「扰」字。

「癸」字上有字殘缺。

辭謂：

> □癸卯卜扰

蓋工作分工之占也。

九十

摹釋：

> 旬匕□丁卯雨庚午

校勘：

「□」摹釋從「□」從「卜」，例釋「『卜』」字。摹釋「旬」字，契版殘缺不全。

辭蓋謂：

> □匕「『卜』」
>
> 丁卯雨
>
> 庚午

蓋貞人的工作記錄。

九十一

摹釋：

> □
>
> 乙未
>
> 甲午卜貞今夕卜？貞：夕其出今夕□？

校勘：

摹釋「□」、「夕□」之「□」，從「□」從「卜」，例釋「『卜』」字。

「今夕□」,「今夕」讀「令」。

「貞今夕卜」之「夕」字在契版最上側,疑讀如「令」。

辭蓋謂:

夕

甲午卜,貞:令?

乙未卜,貞:今夕其出「『卜』」?

「『卜』」

契版殘缺,其義不明。

九十二

摹釋:

甲午□

佳丙

校勘:

卜版「□」字從「冊」從「口」,摹釋作上下結構上「冊」下「口」,蓋「冊」也。「冊」下有字殘缺。「丙」字殘缺。

契版中間「佳」側字殘缺不全。

辭蓋謂:

甲午冊□

佳丙

□

九十三

摹釋:

王旬亡□

巳卜在麥泉

校勘:

「□」即摹本拓片第七十六片、第七十九片、第八十片「旤『卜』」合文。摹釋「王」字殘缺不全。

「巳」字殘缺。契版「巳卜在麥泉」摹釋作「巳卜麥泉」。

辭蓋謂：

　　　　□旬𠃤「拐『卜』」

　　　　巳卜在麥泉

蓋商代後期之卜也。

九十四

摹釋：

　　　　于來日

　　　　叀今日

「叀今日」下側有一字殘缺不全，從「一」從「牛」，蓋即「牢」字。

辭謂：

　　　　于來日

　　　　叀今日

　　　　牢

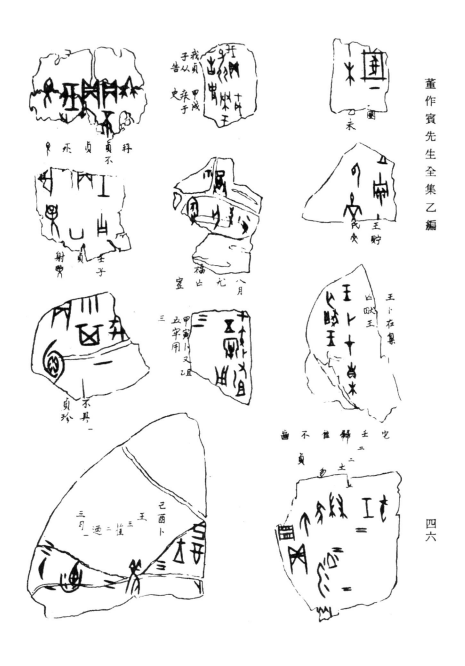

《外編》拓片摹本 095、096、097、098、099、100、101、102、103、104、105

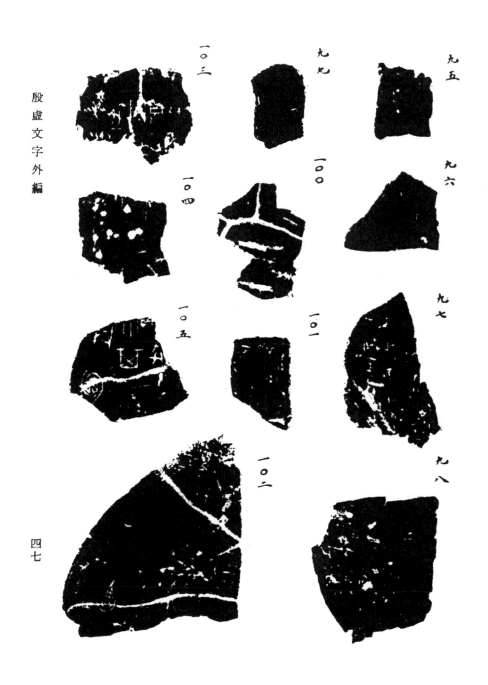

《外編》拓片 095、096、097、098、099、100、101、102、103、104、105

九十五

摹釋：

> 圂
>
> 乙未

卜版「囗」字像圍欄中殺豬之象。蓋貞人的生活記錄。

九十六

摹釋：

> 王囗氏囗

校勘：

卜版「王囗」之「囗」從「貝」從「中」省，卜版「氏囗」之「囗」作「燕子」形，摹釋逕抄契文，契文與陶寺遺址所見夏代扁壺朱書「文」相類，蓋亦讀如「文」。

從「中」省從「貝」之「囗」即「貴」字，摹釋所釋「氏」疑讀如「信」。卜版較小，字有殘缺。

辭蓋謂：

> 信文王貴囗

九十七

摹釋：

> 王卜在臬凵囗王

校勘：

「囗」即「抈『卜』」合文。

辭蓋謂：

> 王卜，在臬凵「抈『卜』」。王

契版殘缺其義不明。

九十八

摹釋：

> 齒貞：不惟囗壬它，勿土。

校勘：

卜版「□」之字摹釋作左右結構左「帚」右「帚」，蓋即「婦婦」。「不」蓋讀如「否」。

摹釋所釋「它」字讀作「倦」，所釋「土」疑讀如「夏」。「勿」字下有字殘破。

依契文版式及所載，辭蓋謂：

婦壬倦。齒貞，否。勿隹「夏」婦。

九十九

摹釋：

我貞子從告

甲戌□于史

校勘：

卜版之「□」作兩手持「｜个」形，摹釋從三「十」從「卒」，不確，蓋「聿」也，疑假作「錄」。

「從」讀如「妣」。「史」疑讀如「吏」。

辭蓋謂：

我貞：字妣告「甲戌聿于吏」？

一百

摹釋：

□福凵尤八月

校勘：

「□」摹釋作上下結構上從「核」下從「止」，疑即拓片「零八一」「核止」合文。卜版「福」字旁有一字，蓋「雨」之省。

辭蓋謂：

雨。福。「核止」。凵尤。八月。

蓋遠古時期八月間貞人的記事契文。

一百零一

摹釋：

　　　　甲寅卜又且乙五牢用

校勘：

　「且乙」即「祖乙」

　　辭蓋謂：

　　　　甲寅卜，又且（祖）乙五牢用？

一百零二

摹釋：

　　　　己酉卜王崔迺三月

校勘：

　　摹釋「崔」讀如「進」，蓋假作「獲」。

　　摹釋「迺」疑讀如「鹽」。

　　辭蓋謂：

　　　　己酉卜：王進（獲）鹽？三月。

　　蓋卜問國君是否得「鹽」。

一百零三

摹釋：

　　　　□貞不貞□□

訂正：

　　「□貞」之「□」卜版作鳥跡形，摹釋作「拜」省；「貞□」之「□」卜版從「工」從「人」從一斜劃，摹釋作從「工」從「夕」從「丶」，「貞□□」後一字摹釋上下結構上「西」下「人」。

　　疑「□貞」之「□」當釋「應」字，謂兩隻鳥足痕跡。「貞□」之「□」疑釋「忱」字。最後一字疑釋「系西」。契版「忱」字下有字殘缺不全，疑「步」字。

　　辭謂：

　　　　「應。『貞否？』「貞。」「忱步。」系「西」。

蓋先民見鳥跡謂貞詢其義否，貞得「鳥跡蓋鳥俯冠而行之跡」，謂「鳥俯冠而步」蓋「系西」之謂。此或是遠足途中迷途之時逢鳥跡而占。疑盤庚遷都西行途中占辭。依常識來推斷，鳥跡因水而有，因旱而存，疑貞人逢鳥跡而占時當河水枯水季節，蓋昔年盤庚遷都北上西行曾沿河道循行，且期間曾一度迷路。貞人之貞問謂之「鳥跡占」可也。

一百零四

摹釋：

　　　　壬子貞□射□

校勘：

卜版較小字有殘缺。「射□」之「□」作雙手護頭之形，摹釋逕抄卜版。

「貞□」之「□」與「射□」之「□」中肩關造型同，蓋即「肩」之象形。「射□」之「□」釋「關」。

辭謂：

　　　　壬子貞：肩射關？

蓋懲戒之貞也。貞詢是否讓人雙手抱頭射其肩首之間用為懲戒。《說文》部首表謂之「凵」，言「張口也」[註40]，未知即契版所見契文否，兩者相較未知孰是，就契版所及語境來看，蓋以契文字形讀如「肩」更為合適。

一百零五

摹釋：

　　　　貞珍不其□

校勘：

摹釋「珍」卜版從「貝」從兩條環形弧線，疑讀如「蚌」。「貞」、「不」及「其」右側一字殘缺。最右側之字疑即今「奔」字。

辭蓋謂：

　　　　貞：蚌（不）其（奔）？

蓋貞問河蚌會不會跑。疑早期文明時期遠古先民探索大自然的珍貴卜辭記錄。

[註40]　〔漢〕許慎：《說文解字》，北京：中華書局，1963 年，第 35 頁。

一〇六　董作賓先生全集乙編

一〇七

一〇八

一一〇

一〇九

一一一

四八

《外編》拓片 106、107、108、109、110、111

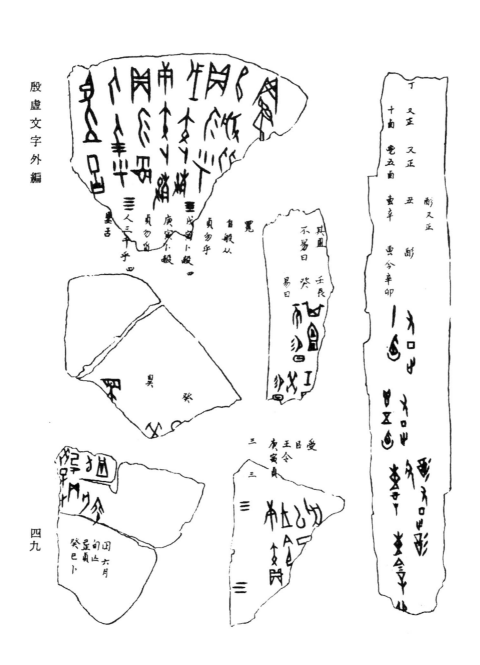

《外編》拓片摹本 106、107、108、109、110、111

一百零六

摹釋：

> 丁
>
> 又正十卣
>
> 又正呂五卣
>
> 叀辛丑□又正
>
> 叀今辛卯□

校勘：

「□」摹釋作左右結構左「酉」右「彡」，疑讀如「酒」字。

摹釋「丁」字蓋衍。

辭謂：

> 又正十卣
>
> 又正呂五卣
>
> 叀辛丑酒又正
>
> 叀今辛卯酒

依時間推算蓋自下而上契刻，謂：

> 叀今辛卯酒。
>
> 「又正」。
>
> 叀辛丑酒。
>
> 「又正」。
>
> 呂五卣。
>
> 「又正」。
>
> 十卣。

蓋貞人飲酒之記錄。「正」即「征」，蓋邀飲之謂。由辭例來看大約某辛日貞人與人飲酒，酒後相邀再飲，後每隔一段時間即飲酒一次，第三次飲五卣，第四次飲十卣。當為一嗜酒之貞人。

一百零七

摹釋：

> 戊寅卜□貞勿乎□般從□

　　　　庚寅卜□貞勿□人三千乎□□

校勘：

　　「□貞」之「□」摹釋作左右結構左「南」右「殳」，「乎□般」之「□」摹釋從「㠯」從「丿」，「從□」之「□」摹釋作上下結構上從「網」下從「系」從「几」從「斜線」，「勿□人」之「□」摹釋上下結構上「宀」下「目」，「乎□」之「□」摹釋漫漶不清。

　　摹釋作左右結構左「南」右「殳」之契文即「嚢」；「乎□般」之「□」摹釋從「㠯」從「丿」讀如「師」；從「網」下從「系」從「几」從「斜線」之字蓋「網夏」合文，疑「從『系』從『几』從『斜線』」部分符示山西境內黃河拐角處「下夏」部族；摹釋上下結構上「宀」下「目」讀如「覓」；「乎□」之「□」讀如「瞼」。摹釋所謂「人三千」疑誤。「三」蓋衍入。「人」讀如「示」。

　　辭謂：

　　　　戊寅卜，嚢貞：勿乎師般從□？

　　　　庚寅卜，嚢貞：勿覓示，示乎瞼周？

　　蓋武丁時期的邊患之貞，「師般」據董作賓先生考證即武丁師。「乎瞼周」蓋輕蔑的說法，謂到周方抬抬眼皮，猶後世書籍所謂「遊」。「下夏」部族地處商周部族中間，若契文釋讀不錯，契版所及「網夏」合文蓋可謂之「方位會意」字。

一百零八

摹釋：

　　　　其□不易日

　　　　壬辰　　癸　易日

校勘：

　　「其□」之「□」卜版從「且」從兩「不」，「不」在「且」之中，摹釋逕抄卜版。「壬辰」之「辰」字殘缺。蓋契版從「且」從兩「不」之字讀如「宜」，例釋「易」之字讀如「侖」，用如「論」。「侖日」之「日」疑讀如「曆」。

　　辭蓋謂：

　　　　「其宜壬辰？」「否。」侖（論）曆：「癸（巳）。」侖（論）曆：
　　　　（「甲午。」）

　　蓋貞人記事之契文。大約夕時曾為某事之時間產生分歧，或謂「壬辰」或謂「癸巳」或謂「甲午」。

一百零九

摹釋：

　　　　庚寅貞王令吕受

校勘：

　　摹釋所釋「吕」字應為「臺」字。

　　辭蓋謂：

　　　　庚寅貞：「王令臺受□？」

　　舊籍相率以「臺」為「我」，若《書·禹貢》「祗臺德先」〔註41〕之類。辭蓋謂「庚寅貞：『王令我受又』？」

一百一十

摹釋：

　　　　□　癸

校勘：

　　卜版「□」字殘缺，摹釋作上下結構上從「目」下從「矢」。

　　契版「□」從「目」從「不」，蓋即「罘」字。「癸」字旁有一字殘缺，僅見「圓弧形」上部結構。

　　辭蓋謂：

　　　　罘
　　　　癸
　　　　□

一百一十一

摹釋：

　　　　癸巳卜□貞：旬亡□。六月。

〔註41〕顧頡剛、劉起釪著：《尚書校釋譯論》，北京：中華書局，2005年，第814頁。

校勘：

　　「卜□貞」之契版契文作上下結構上從「己」下從「止」，摹釋作上「己」下「止」，疑讀如「卷」。「旬亡□」之「□」從「口」從「卜」，例釋『卜』」字。

　　辭蓋謂：

　　　　　癸巳卜，卷貞：旬亡「『卜』」？六月。

　　蓋所謂「貞旬」卜辭也。「卷」用為貞人名，或即「書卷」之「卷」的初文。

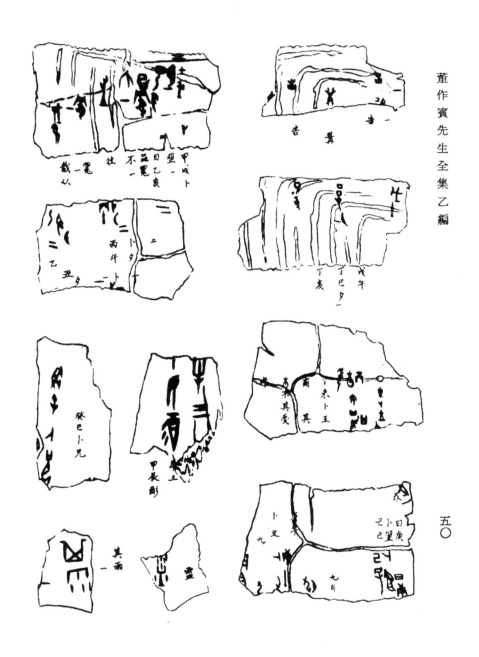

董作賓先生全集乙編

五〇

《外編》拓片摹本 112、113、114、115、116、117、118、119、120、121

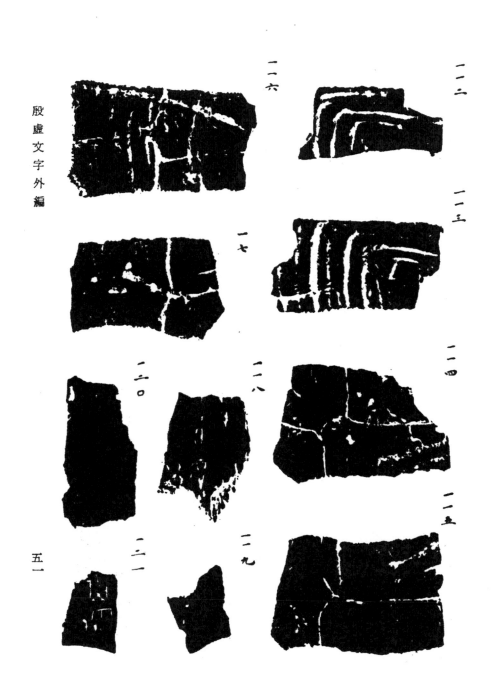

殷虛文字外編

《外編》拓片 112、113、114、115、116、117、118、119、120、121

一百一十二

摹釋：

告　菁　告

校勘：

右下角一字殘缺，蓋「丘」之古字。

辭蓋謂：

告　□　菁　告

疑辭謂：

告　菁（講）　告　丘

一百一十三

摹釋：

丁亥　丁巳夕　戊午

一百一十四

摹釋：

丁未卜王商其□不其受年

校勘：

卜版「□」上下結構上從「中」下從「○」，疑讀如「封」，摹釋逕抄卜版。摹釋所釋「商」疑讀如「辛貞『行契』〔註42〕」合文，蓋指「卜辭」。

其右下角有一殘字，疑為「不」字。為摹釋遺漏。

辭蓋謂：

丁未卜，王不。「□」，其封不其受年。

契版來看契文蓋出土甲骨中少見之獨立且完整之卜辭。辭謂「辛貞『行契』」其「封」「不其受年」，舊籍「封」謂「封土」，契版之契文蓋指「『卜辭』之『封』」，疑指向「存於地下的『卜辭』」，或即20世紀所見昔年埋入地下之「甲骨卜辭」的契文更稱。「辛貞『行契』」例釋「商」，恐是未見契文之本義。以卜者殷民之歸屬言「王否商」或「商其封不其受年」於常情似有乖違在常

〔註42〕參見本冊拓片「一百四十一」「校勘部分」。

理似亦不通。契文實與上文「婦『辛』示四芽」一則契文中從「辛」從「版」會「『辛』乎契版」義之「婦辛」之「辛」的寫法文義相近，蓋亦「辛」之孳乳，明「契版書契」之象。至如從該字從「口」之「商」或即「貞詢占卜」意義上「辛占」合文之「形聲字」。

一百一十五

摹釋：

    豕　己巳卜翌日庚　九月　庚午　卜　又　九

校勘：

卜版左下角有兩字殘缺，為摹釋所遺漏。

契文謂：

豕

九月

己巳卜翌日庚

庚午卜又　九

□□

一百一十六

摹釋：

    甲戌卜翌日乙亥□□不往□戠從

校勘：

「乙亥□」之「□」卜版並摹釋頗難辨，疑即「征」字。「征□」、「不往□」之「□」疑即上文所及「網夏」合文。

契版多字漫漶難辨。

辭蓋謂：

甲戌卜，翌日乙亥正，「網夏」？否。往「網夏」。「戠」質。

「網夏」之說不知何意，疑夏代被滅殷師出征每征夏人與從。契文謂第二天「乙亥」出征，搜羅夏人一起嗎，卜問結果為「否」，謂「搜羅夏人」惹人「非議」。

一百一十七

摹釋：

卜夕　丙午卜　乙丑夕

校勘：

「丙午卜」，「卜」字殘缺不全。

契文謂：

卜夕□　丙午卜　乙丑夕

一百一十八

摹釋：

甲辰□　牛三

校勘：

「□」摹釋從「酉」從「彡」，即「酒」字。摹釋「甲辰」之「甲」唯餘底下一豎。

辭蓋謂：

□辰酒　牛三

一百一十九

摹釋：

□

校勘：

卜版「□」字像雨落器皿中，摹釋上下結構上「雨」下「皿」。

疑「□」讀如「澎」。

辭蓋謂：

澎

一百二十

摹釋：

癸巳卜兄

校勘：

「卜兄」疑讀如「卜祝」。《周禮》有所謂「太祝」之職，疑「卜祝」即卜祝辭之事。

辭蓋謂：

　　　癸巳卜祝

一百二十一

摹釋：

　　　其雨

《外編》拓片 122、123、124、125、126、127、128、129、130、131、132、133、134

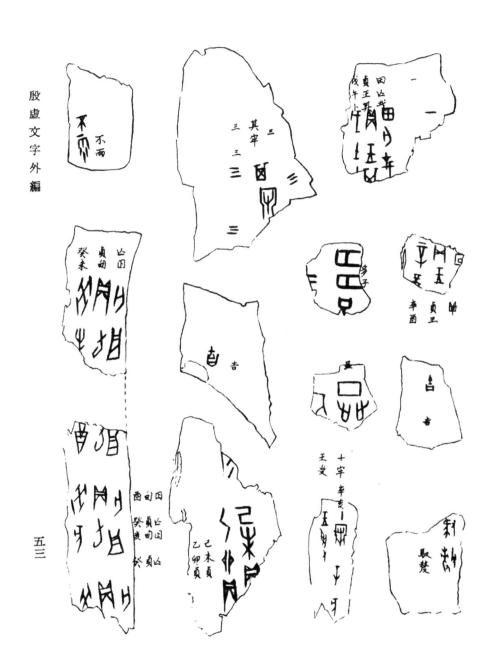

《外編》拓片摹本 122、123、124、125、126、127、128、129、130、131、
132、133、134

一百二十二

摹釋：

      戊午卜貞王其田凵戋

校勘：

    契版「卜」、「其」、「囗」殘缺不全。摹釋「戋」讀如「哉」。

    辭蓋謂：

        戊午卜，貞：王其田凵哉？

一百二十三

摹釋：

      辛酉貞王囗

校勘：

    契版「囗」字殘缺不全，又見於拓片「二百五十一」。摹釋「囗」字上下結構上從兩耳、中從「回」、下從一豎。蓋「貞回織」合文。

    辭蓋謂：

        辛酉貞：王「貞回織」？

    依相關文獻，蓋謂以「結繩記事」之法倒敘「貞詢」問事之「卜辭」。

一百二十四

摹釋：

        囗

校勘：

    契版拓片模糊難辨。

    摹釋釋文作上下結構上「土」下「口」，摹釋拓片上下結構上「大」下「曰」，疑「大曰」合文。

    辭蓋謂：

        「昊」

    疑讀如「昊」。參圖片「一百三十」。

一百二十五

摹釋：

　　　馭□

校勘：

　　摹釋「□」字從「未」從「夂」從「反」。摹釋「□」蓋合文，讀如「世妣
手書」。「馭」疑用為「擺放」意。

　　謂：

　　　馭「世妣手書」

擺放「世妣手書」，疑指擺放祖丁之妻「妣己」的龜板契刻資料。

一百二十六

摹釋：

　　　多子

校勘：

　　契版「多子」之「子」殘缺不全，「多」字左側有一字殘缺不全。

　　契文謂：

　　　多子　　□

一百二十七

摹釋：

　　　　□

校勘：

　　摹釋上下結構，上從「口」下從雙「止」。疑「正」之繁寫。

　　辭謂

　　　正

一百二十八

摹釋：

　　　王受　十牢　辛亥

一百二十九

摹釋：

> 其牢

一百三十

摹釋：

> □

校勘：

摹釋「□」上下結構上「土」下「口」。契版「□」從「大」從「曰」，疑即「昊」字。

辭蓋謂：

> 昊

《玉篇》謂「昊」為「日光」〔註43〕，未知即契版所見契文否。

一百三十一

摹釋：

> 己未貞　己卯貞

校勘：

契版頂端有字殘缺。契文謂：

> □
>
> 己未貞　己卯貞

一百三十二

摹釋：

> 不雨

〔註43〕〔梁〕顧野王：《宋本玉篇》，北京：中國書店，1983 年，第 374 頁。

一百三十三

摹釋：

　　癸未貞旬亡□

校勘：

　　摹釋「□」字從「□」從『卜』，例讀『卜』。「癸未」之「未」字殘缺。

　　辭蓋謂：

　　　癸未貞旬亡「『卜』」

一百三十四

摹釋：

　　酉旬□

　　癸亥貞旬亡□

　　癸貞亡

校勘：

　　摹釋「□」字從「□」從「卜」，例讀「『卜』」。

　　辭蓋謂：

　　　酉旬「『卜』」

　　　癸亥貞旬亡「『卜』」

　　　癸貞亡

　　依甲骨文例，辭蓋謂：

　　　□酉貞旬亡「『卜』」？

　　　癸亥貞旬亡「『卜』」？

　　　癸□貞旬亡「『卜』」？

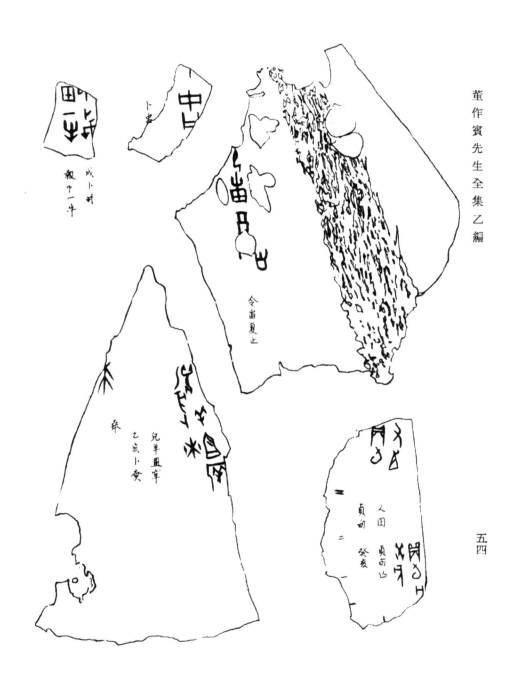

《外編》拓片摹本 135、136、137、138、139

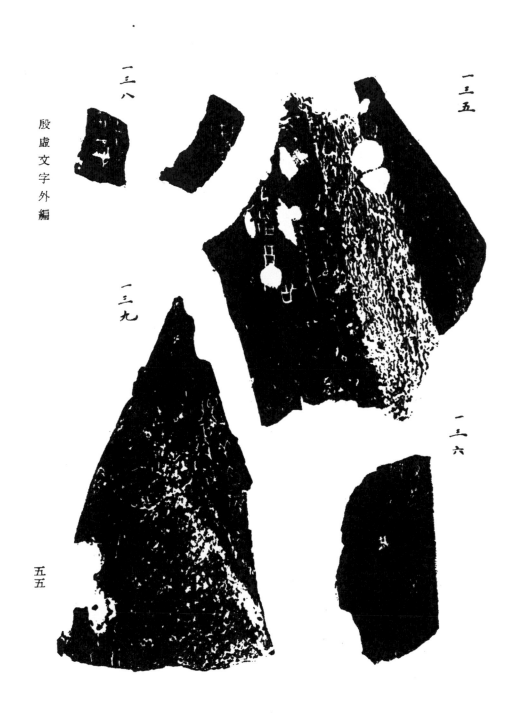

殷虛文字外編

一三八　　一三五

一三九　　一三六

五五

《外編》拓片 135、136、137、138、139

一百三十五

摹釋：

　　　　令□復止

校勘：

　　契版上方一字殘缺不全，摹釋寫作「令」字；「□」上下結構上從「屮」省下從「田」，摹釋逕抄契版；「復」字殘缺不全；「止」在契文右下，像「腳掌」之形。

　　「□」蓋「苗」字，「止」在契行「右側」，疑假作「踏」。辭蓋謂：

　　　　令苗復踏

一百三十六

摹釋：

　　　　貞旬又□

　　　　癸亥　貞旬凵

校勘：

　　「□」契版、摹釋具從「囗」從「卜」例釋『卜』字。契版下側有一字殘缺不全。

　　謂：

　　　　貞：旬又「『卜』」？

　　　　癸亥貞：旬凵（「『卜』」）？

　　　　□

一百三十七

摹釋：

　　　　　卜

　　　　　□

校勘：

　　卜版「卜」字殘缺不全。摹釋「□」作上下結構上「中」下「口」蓋讀為「中」。

辭謂：

> □
>
> 中

一百三十八

摹釋：

> 戌卜□
>
> 報甲一牛

校勘：

契版「□」從「戈」從「在」省，「報甲」例釋「上甲微」。契文「戌」、「□」殘缺。

「□」字所從「在」省可目為一「撇」加一「丶」結構，疑即「戌」之初文，是與「枕戈待旦」義亦略近。

辭蓋謂：

> □戌卜，戌「上甲微」一牛？

蓋卜問要不要向上甲微獻祭一牛。「戌『上甲微』一牛蓋猶「戌滄海一灯」也。

一百三十九

摹釋：

> □　乙亥卜□　□羊□□

校勘：

契版左上側「□」字摹釋作上下結構上三個「十」字下「卆」字，「卜□」之「□」摹釋從「杳」從「火」，「□羊」之「□」摹釋作「兒」省，「羊□」之「□」摹釋作「宜」，從「且」從二「夕」，最後一字摹釋從「宀」從「羊」，蓋「祭羊」。

摹釋上下結構，上從三「十」下從「卆」之字，即「誄」；摹釋從「杳」從「火」之字即「尞」；「□羊」之「□」摹釋作「兒」省，疑讀如「擎」；摹釋古「宜」字，讀如「俎」；摹釋從「宀」從「羊」之契文讀如「『牢』」（即祭

祀所用「少牢」之類）。契版「誄」字、「『牢』」字殘缺。

辭蓋謂：

　　　誄：乙亥卜燎，挈羊俎「『牢』」。

蓋古之誄辭也。

《外編》拓片 140、141、142、143

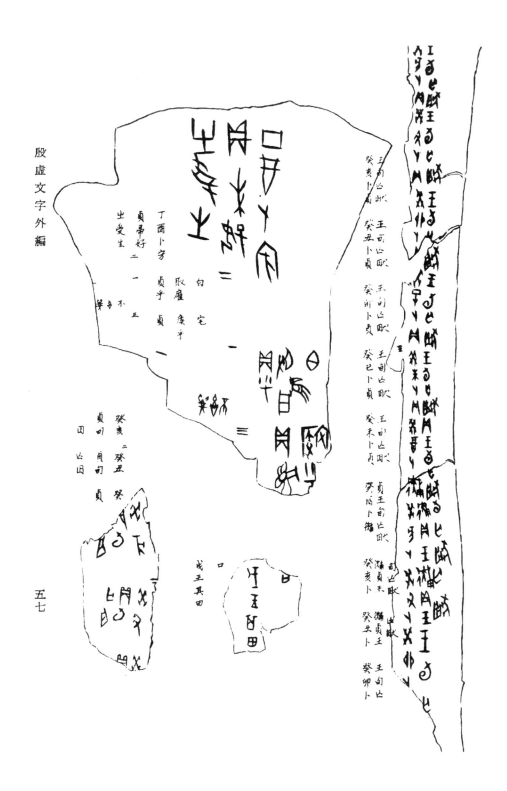

《外編》拓片摹本 140、141、142、143

一百四十

摹釋：

癸亥卜貞王旬亡□

癸丑卜貞王旬亡□

癸卯卜貞王旬亡□

癸巳卜貞王旬亡□

癸未卜貞王旬亡□

癸酉卜□貞王旬亡□

癸亥卜□貞王旬亡□

癸丑卜□貞王亡□

癸卯卜王旬亡

校勘：

「癸亥卜貞王」，「癸」、「王」殘缺不全；「癸卯卜貞」「貞」字殘缺不全亡字殘缺不全；「亡□」之「□」蓋即「𡿧『卜』」合文；「癸酉卜□」之「□」從「彳」從「一」從「大」從「桶」省，字從「桶」從「行」省，疑取「盛水」義，從「一」從「大」從「八」從「水」，疑讀如「漆」。《尚書·禹貢》談及「豫州」有「貢漆」〔註44〕之說，見於「禹貢」時代的「漆」或即合文「行一大『桶』」所指。

辭謂：

癸亥卜，貞：王旬亡「𡿧『卜』」？

癸丑卜，貞：王旬亡「𡿧『卜』」？

癸卯卜，貞：王旬亡「𡿧『卜』」？

癸巳卜，貞：王旬亡「𡿧『卜』」？

癸未卜，貞：王旬亡「𡿧『卜』」？

癸酉卜，漆貞：王旬亡「𡿧『卜』」？

癸亥卜，漆貞：王旬亡「𡿧『卜』」？

癸丑卜，漆貞：王亡「𡿧『卜』」？

癸卯卜，（貞）：王旬亡（「𡿧『卜』」）？

〔註44〕《十三經注疏》整理委員會整理，李學勤主編：《十三經注疏·尚書正義》，北京：北京大學出版社，1999年，第152頁。

一百四十一

摹釋：

丁酉卜□貞帚好㞢受生

貞乎取雁白

不□□

貞□乎宅

校勘：

「卜□」之「□」即「核」字，「不□□」即「不以龜」，「貞□」中間有一字摹釋未釋，「乎」字殘缺不全。

摹釋所謂「婦好㞢受世」就「花東甲骨」相關記載來看蓋謂「婦好」「㞢」祭所受「世系」，摹釋以「世」為「生」，蓋誤讀。

摹釋「雁」，從「啟」省從「翼」，疑即「翼啟」合文。「雁白」之「白」疑讀如「夏」。《書‧益稷》有「予欲左右有民，汝翼」〔註45〕的記載，翼謂輔助輔翼，「『翼啟』夏」蓋「『護翼夏啟』之『夏』」。疑指「後夏」部族。

「貞□」中間摹釋未釋之字像《甲骨文合集》「32807」片所見「鵠侯」的「鵠」，就其字形看蓋命中靶心之義。「乎□」之「□」，摹釋作「宅」，就武丁時期或更早，甲骨文初興的總體背景來說疑「『行契』甲」合文，摹釋所謂「宅」之「宀」部分契文從「∧」從「行格」狀，「∧」就花東甲骨來看蓋讀如「契」，字又從「行格狀」結構，蓋即「行契」合文，疑指向「甲骨契刻」，「『行契』甲」自契版所及契文的契刻體勢來分析疑貞人「核」自稱。

32807

〔註45〕《十三經注疏》整理委員會整理，李學勤主編：《十三經注疏‧尚書正義》，北京：北京大學出版社，1999 年，第 116 頁。

辭謂：

> 丁酉卜，核貞：婦好出受「世」？
>
> 貞：乎取「翼啟」夏？
>
> 不以龜
>
> 貞：鵠侯乎「契甲」？

一百四十二

摹釋：

> 戊王其田　口

校勘：

摹釋「口」蓋「凵」之誤。

辭蓋謂：

> 戊王其田凵

一百四十三

摹釋：

> 癸亥貞旬　□
>
> 癸丑貞旬亡□
>
> 癸　貞

校勘：

「癸亥貞旬　□」之「貞」、「□」，「癸　貞」之「貞」皆殘缺不全，「□」摹釋從「口」從「卜」例釋「『卜』」字。

辭蓋謂：

> 癸亥貞旬　「『卜』」
>
> 癸丑貞旬亡「『卜』」
>
> 癸　貞

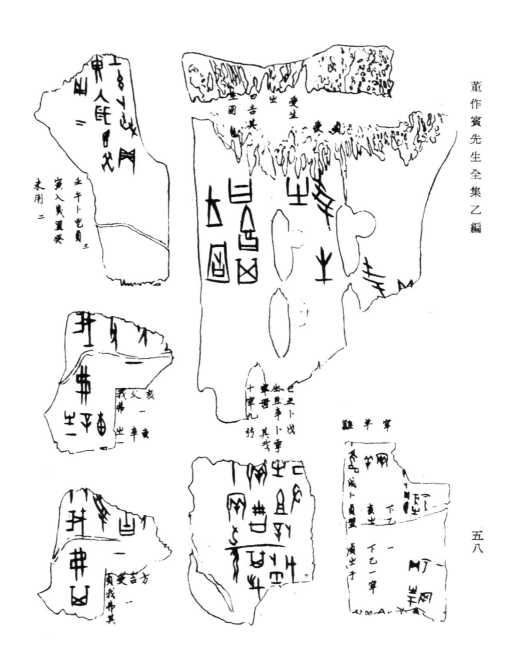

《外編》拓片摹本 144、145、146、147、148、149

《外編》拓片 144、145、146、147、148、149

一百四十四

摹釋：

> 王□曰□其出受生
>
> 貞受

校勘：

「貞受」之「貞」字殘缺不全。「王□」之「□」契版、摹釋皆從「口」從「占」，例釋「占」。「曰□」之「□」摹釋從「土」從「口」，疑讀如「吉」。從第二條卜辭的契書方式來看，疑「貞受」當為「貞出受世」，左側「其出受世」之「世」為兩條卜辭共享。

辭蓋謂：

> 王「占」曰「吉，其出受『世』」。
>
> 貞：（出）受「世」？

上文已言，「世」蓋謂「世系」。就契版內容所及來看蓋「武丁」占得「其出受『世』」，問者再以龜占形式貞詢。

一百四十五

摹釋：

> 雦　羊　□
>
> 戌卜貞翌亥出下乙
>
> 貞出於下乙一□

校勘：

契版「戌」字殘缺不全，卜版下沿似有五字殘缺不全。

契版「雦」疑讀如「佳哭」。契文上似有一字與之同一契行。

摹釋「□」上下結構上「宀」下「羊」，蓋「祭羊」。

辭蓋謂：

> □「佳」哭
>
> 羊　□
>
> 戌卜，貞：翌亥出下乙？
>
> 貞：出于下乙□一？

契版下方契文較難辨。

一百四十六

摹釋：

> 己丑卜出且辛□□十□九
>
> 戊卜□其□弔

校勘：

　　「辛□」、「十□」之「□」摹釋作上下結構上「宀」下「羊」,「□十」之「□」摹釋作上下結構上「冊」下「口」,讀如「冊」。「卜□」之「□」上下結構上「宀」下「一」讀作「尋」,「其□」之「□」讀如「裁」。

　　摹釋所釋「弔」讀如「質」。

　　「且辛」即祖辛。「戊子」條契文殘缺不全。「戊」蓋即「戊子」日。依時間來看卜版先契「戊卜」一條次記「己丑」一條。契版從「宀」從「一」之「尋」,就契版來看疑契文殘缺不全。

辭蓋謂：

> 戊（子）卜,□其裁。質。
>
> 己丑卜,出祖辛□。冊十□九。

　　此蓋貞人之記事,謂己丑那一天以羊祭祖辛,冊言用十而實際只有九隻。

一百四十七

摹釋：

> 壬午卜,□貞：寅入歲,翌癸未用？

校勘：

　　「□貞」之「□」摹釋作上下結構上「凶」下「匕」。「壬」、「寅」兩字殘缺不全。契版不見「未」字,摹釋補寫。摹釋以「□」作上下結構上「凶」下「匕」似不確,字當讀作「乩」。

辭蓋謂：

> 壬午卜,乩貞：寅入歲,翌癸（未）用？

一百四十八

摹釋：

> 亥父我弗
>
> □辛屮

校勘：

契版底部有一字殘缺不全。

契版「亥」、「父」、「我」皆有殘缺。摹釋「□」作「叀」省，疑假作「叀」。

契版「父」蓋讀如「書」。

辭謂：

> 亥書：我弗。
>
> 叀□辛屮

契版殘缺，契刻方向不明，契文或亦當讀如：

> 我弗書□
>
> 屮辛苗□

「辛苗」或即「新圃」。

一百四十九

摹釋：

> 貞我弗其受吉方

校勘：

摹釋中卜版「貞」、「受」、「吉」、「方」諸字皆殘缺不全。

卜版「吉方」的「吉」即拓片零零一之「周」字。

辭蓋謂：

> 貞：「我弗其受周方？」

契版殘缺，其義不明。

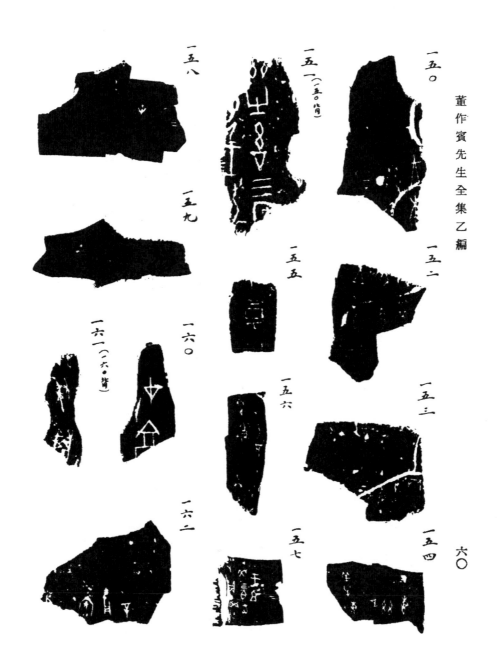

《外編》拓片 150、151、152、153、154、155、156、157、158、159、160、161、162

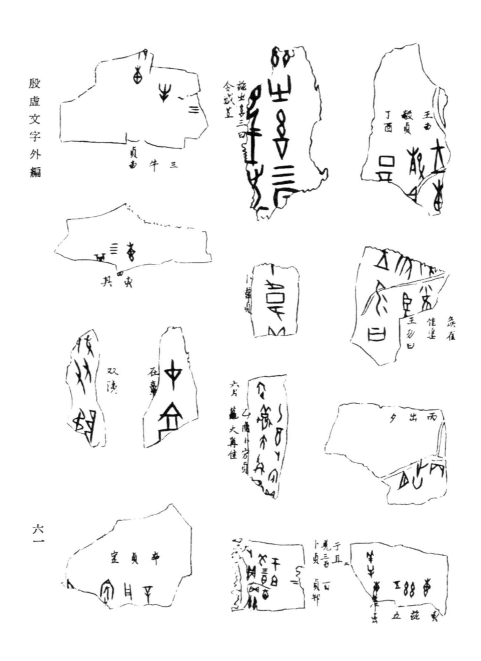

《外編》拓片摹本 150、151、152、153、154、155、156、157、158、159、160、161、162

一百五十

摹釋：

> 丁酉□貞王□

校勘：

卜版「丁酉」之「酉」、「□貞」之「貞」、「王□」之「□」殘缺不全。摹釋「□貞」之「□」即上云「蕈」。「王□」之「□」疑讀如「苗」。

辭蓋謂：

> 丁酉（卜），蕈貞：□，王苗□？

蓋亦關於苗圃問題的貞問。

一百五十一

摹釋：

> 兹屮□三曰
> 令□□

校勘：

契版所及摹釋「兹」字、「曰」字及「令□□」三字殘缺不全。摹釋「屮□」即「不以龜」之「以」。

摹釋「曰」蓋當讀如「日」。

辭謂：

> 兹屮以三日
> □□□

契版殘缺，其義不明。

一百五十二

摹釋：

> 王勿曰隹□□雀

校勘：

契版「王」與「隹□□雀」殘缺不全。摹釋「隹□」之「□」作上下結構上「臣」下「壬」，「□雀」之「□」從「广」從「矢」。

摹釋「隹□」之「□」疑契文「眠」〔註46〕。

摹釋「雀」上之字疑「文」之殘字。契版蓋自右而左契刻。

辭蓋謂：

　　　「文雀」隹眠，王勿曰

「文雀」蓋鳥類之名。「隹」疑讀如「獲」，辭謂「『文雀』獲視」「勿曰」云云。

一百五十三

摹釋：

　　　丙出夕

校勘：

契版「夕」從「夕」從一短豎。蓋即「月」字。

辭蓋謂：

　　　丙出月

蓋關於「月相」的觀察記錄。

一百五十四

摹釋：

　　　叀牛羊

　　　叀茲五

校勘：

疑專門養殖牛羊之義。

辭謂：

　　　叀茲五

　　　叀牛羊

契版殘缺，其義不明。

〔註46〕參見「摹本拓片二百八十四」。

一百五十五

摹釋：

> 卜，韋貞

契版「卜」「貞」殘缺不全，「韋」蓋貞人名。

一百五十六

摹釋：

> 乙酉卜□貞：六月，□大再隹？

校勘：

摹釋所補契版「大再隹」之「隹」殘缺不全。「□大」之「□」摹釋漫漶疑從「艸」從「龜」。「□貞」之「□」即「核」字。

契版「大再隹」之「隹」殘缺不全，摹釋補寫疑有誤，蓋當寫作「隻」，假作「獲」。摹釋所謂「再」契文從「又」從「冉」，疑即「收」之初文。

辭蓋謂：

> 乙酉卜，核貞：六月，〈艸龜〉大收隻？

「大收隻」疑即「大收穫」之義。此蓋商代卜龜養殖記錄。

一百五十七

摹釋：

> 卜貞羌三百于且
> 貞□百

校勘：

摹釋「三百于且」之「于」字作上下結構上「一」下「丁」，蓋筆誤。「三百」之「三」衍入。契版「貞□百」之「□」左右結構左「糸」右「卩」，摹釋作左右結構左「午」右「阝」，不確，蓋即「允」字。摹釋「百」字疑讀如合文「記一百」〔註47〕。

辭蓋謂：

> 卜，貞：羌百于且（祖）？

〔註47〕參見本冊契版拓片並「摹釋」「校勘」第「四百四十六」片。

貞：允「記一百」？

蓋與商部族並存之羌族自其最初存在至於貞人契刻之年代已百倍於其最初時。

一百五十八

摹釋：

貞□牛

校勘：

契版「貞」字殘破。摹釋「□」從「⺊」從「田」讀如「苗」。

貞：苗，牛？

蓋貞詢禾苗是不是被牛吃了。

一百五十九

摹釋：

其　叀

契版「其」字殘破。

一百六十

摹釋：

在□

契版「□」摹釋作上下結構上「高」下「羊」。

一百六十一

摹釋：

雙陳

校勘：

摹釋「雙陳」上有一字殘缺不全。契版「雙」字上有字殘缺不全。

「雙」字上契文結構蓋「父乙」合文。契文「雙」蓋當讀如「又又」。

摹釋「陳」契文字型從「契」省從「織」，蓋合文。

辭蓋謂：

　　　「父乙」「又又」「契織」

疑「父乙」指「武丁」父「小乙」。「契織」蓋猶「貞回織」一類。

一百六十二

摹釋：

　　　□貞辛

校勘：

　　摹釋「□」作上中下結構，上「宀」中「万」下「止」。

　　契版「□貞」之「□」左側有字殘破，疑讀如「眠」〔註48〕。「□貞」之「貞」與契版常見結構不同，摹釋釋作「貞」。「□貞」之「□」疑「核止」合文。

　　辭蓋謂：

　　　　□　「核止」　　貞　辛

　　契版殘缺，文義不明。

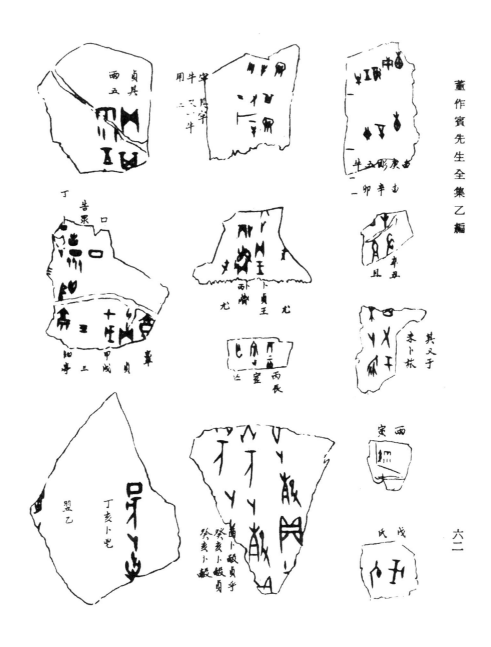

《外編》拓片摹本 163、164、165、166、167、168、169、170、171、172、173、174

《外編》拓片 163、164、165、166、167、168、169、170、171、172、173、174

一百六十三

摹釋：

> □庚□五牛
> □辛卯

校勘：

摹釋「□庚」、「□辛」之「□」作上下結構上「十」下「田」，疑讀如「苗」或「圉」。「庚□」之「□」作左右結構，左「酉」右「彡」。

辭蓋謂：

> 苗。庚，酒五牛。
> 苗。辛，卯。

蓋田間勞作事。

一百六十四

摹釋：

> 辛丑且

校勘：

契版「辛」「且」字殘缺不全，契版左上角有殘字。「且」蓋讀如「祖」。

辭蓋謂：

> 辛丑□且

一百六十五

摹釋：

> 其又于未卜旅

此蓋貞人記事，謂未日再次卜問行旅。契版「其」「未」殘缺不全。

一百六十六

摹釋：

> 寅　雨

此蓋貞人記事，謂寅日下雨。

一百六十七

摹釋：

　　　　氏　　戊

摹釋「氏」當讀如「信」。

校勘：

　辭蓋謂：

　　　　信　　戊

一百六十八

摹釋：

　　　　牢牛用

　　　　其又二

　　　　牢一牛

校勘：

　契版「二」、「一」疑「兆序字」衍入。

　辭蓋謂：

　　　　牢牛

　　　　其又

　　　　牢牛用

一百六十九

摹釋：

　　　　尤

　　　　卜貞王

　　　　□□

　　　　尤

校勘：

　契版「卜」字上有字殘缺不全。「□□」第一個字為「丙卜」合文，蓋「丙日之占」的契文記事專用語。「□□」之第二字上部漫漶難辨，下從「貞」，

「貞」字左右從「手」，從契版左右各有一個「尤」字來分析，蓋謂貞來貞去皆不如意。

辭謂：

> 尤
>
> □卜貞王
>
> 丙卜□
>
> 尤

蓋「□卜貞王」、「丙卜□」即貞人的占卜日誌。

一百七十

摹釋：

> 丙辰□乚

校勘：

摹釋「□」上中下結構上從「宀」中從「万」下從「止」。摹釋所釋「丙辰」契版拓片模糊不清。

辭蓋謂：

> □□「核止」乚

一百七十一

摹釋：

> 酉卜□貞乎
>
> 癸亥卜□貞
>
> 癸亥卜□

校勘：

摹釋「□」從「南」從「殳」即「䵼」字。摹釋「酉」、「乎」、「癸」以及左下「癸亥卜䵼」之「䵼」與「癸亥卜䵼貞」的「貞」殘缺不全。

辭謂：

> □卜䵼貞□
>
> □亥卜䵼□
>
> □亥卜□

一百七十二

摹釋：

貞其雨五

一百七十三

摹釋：

丁卜

告眾

口

□亭　三

甲戌　貞　□

校勘：

契版「□亭」之「□」蓋「丰心」合文。「貞　□」之「□」蓋即「高羊」合文，疑讀如「吉祥」。「丁卜」中間契文模糊難辨。契版「□」即「丁」疑讀如「骨」，謂「骨姃」。

辭蓋謂：

丁□卜：告眾骨（姃）

「丰心」亭

甲戌貞：「吉祥」

一百七十四

摹釋：

丁亥卜□

翌乙

校勘：

契版「□」並「翌乙」字皆殘缺不全。摹釋「丁亥卜□」之「□」疑讀如「乩」。

辭蓋謂：

丁亥卜乩

翌乙

《外編》拓片 175、176、177、178、179、180、181、182、183

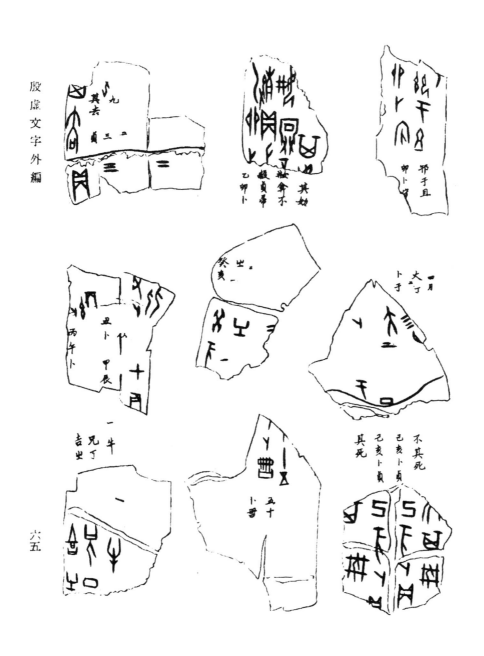

《外編》拓片摹本 175、176、177、178、179、180、181、182、183

一百七十五

摹釋：

　　　　□于且

　　　　卯卜□

校勘：

　　摹釋「□于」之「□」作左右結構左從「午」右從「卜」，即「允」字。契版「卯卜□」之「□」摹釋作上下結構上從「宀」下從「万」即「核」字。

　　「允」字右上側有一字殘缺不全，疑「祖乙」之「乙」。契版契文「核」疑當接「貞」字，為殘缺契版所不見。

　　辭蓋謂：

　　　　□卯卜，核（貞）：允于祖乙？

　　蓋「卯」日占卜，貞人「核」貞詢某事是否允於「祖乙」。

一百七十六

摹釋：

　　　　卜于大丁四月

一百七十七

摹釋：

　　　　己亥卜，貞：其死？

　　　　己亥卜，貞：不其死？

　　契版「不」字殘缺不全，「己亥卜貞其死」之「其」、「貞」字殘缺不全。

一百七十八

摹釋：

　　　　乙卯卜□貞帚妍夆不其□

校勘：

　　摹釋「卜」、「帚」、「不」、「其□」之「□」字殘缺不全。「□貞」之「□」即「眔」字。

疑摹釋「𢽾」讀如「學」；摹釋「不」字殘缺不全，疑「辛」字。摹釋「其□」之「□」亦殘缺不全。

辭蓋謂：

　　　乙卯卜，𦎫貞：婦妌學「辛」其□？

「婦妌」蓋亦武丁時期之女性貴族，「辛」疑指「婦辛」，「其」疑讀如「織」，疑契版言「婦妌」向「婦『辛』」學習編織。

一百七十九

摹釋：

　　　癸亥：出

一百八十

摹釋：

　　　卜冊五十

校勘：

摹釋「卜」字上有字殘缺不全，「十」字上有字殘缺不全。

辭蓋謂：

　　　□卜冊□「五十」。

一百八十一

摹釋：

　　　其去〔註49〕貞九

校勘：

契版「其」字殘缺不全。

摹釋「去」疑讀如「吞」。

依卜文之例「其吞貞九」似不合卜例，「九」蓋「衍入」。

辭蓋謂：

〔註49〕拓片「一百八十一」「去」字與拓片「六十六」相比略有不同，後者字形圓潤，有漢代隸書風格。純從字形看亦可釋作「吞」字。

其⿱貞

契文殘缺不全，其義不明。

一百八十二

摹釋：

丙午卜

丑卜從

甲辰

校勘：

契版「丑」字殘缺不全。

摹釋「從」疑讀如「比」。

辭蓋謂：

甲辰

丙午卜

□丑卜：比

一百八十三

摹釋：

□屮兄丁牛

校勘：

摹釋「□」字上下結構上「土」下「口」，蓋即「吉」字。

辭蓋謂：

吉：屮兄丁牛

據島邦男先生《殷墟卜辭研究》「武丁」和「文武丁」時期皆有「兄丁」，就契文體勢來看此蓋「武丁」或更早時期的卜辭。

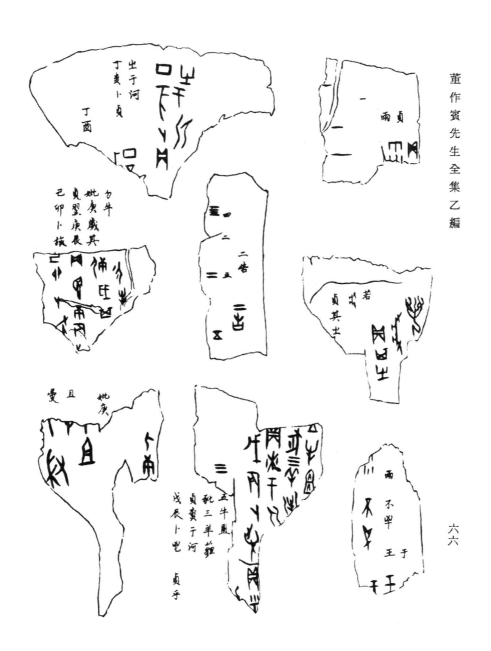

《外編》拓片摹本 184、185、186、187、188、189、190、191

《外編》拓片 184、185、186、187、188、189、190、191

一百八十四

摹釋：

　　雨 貞

校勘：

辭蓋謂：

　　　貞：雨。

蓋占得降雨。

一百八十五

摹釋：

　　貞 其 出 □ 若

校勘：

契版「□」從「床」從二「又」蓋合文，謂「床左右」。

「摹釋」所謂「若」疑讀如「黽」字。

辭蓋謂：

　　　貞：其出「床左右」「黽」？

疑契版所謂「黽」指向「結繩記事」。就「床左右」來看疑遠古時期的「結繩記事」與「床」有關。

一百八十六

摹釋：

　　雨　不□　王于

校勘：

摹釋「□」蓋「其甲」合文，又疑「其」假作「織」。契版「雨」、「王」殘缺不全。

辭蓋謂：

　　　雨，不「織甲」，王于

契版殘缺，文義不明。

一百八十七

摹釋：

丁亥卜貞㞢于河

丁酉

校勘：

契版「酉」字殘缺不全。

「酉」字左側似有一字殘缺不全。

辭蓋謂：

丁亥卜，貞：㞢于河？

丁□　□

一百八十八

摹釋：

告五

校勘：

摹釋衍入「五」字。

辭謂：

告

一百八十九

摹釋：

戊辰卜□貞尞于河□三羊□五牛□

貞乎

校勘：

摹釋「□貞」之「□」讀如「乩」。摹釋「□三羊」之「□」作左右結構左從「豕」右從「匕」，摹釋「羊□」之「□」作「𦵓」，契文像隨水流漂走的祭牛或應寫作「汼」，「牛□」之「□」即古「宜」字。

摹釋「□羊」之「□」作左右結構左從「豕」右從「匕」，蓋即「豝」。依「三羊」之例，「豝」上蓋亦有數量詞。

辭蓋謂：

　　　戊辰卜，乩貞：尞于河□龤、三羊；沉五牛。宜？

依契版來看卜文蓋仍有殘缺，或是戊辰這天貞人「乩」貞問以龤、羊燎於河邊，沉祭五牛，合宜與否。

　　　貞乎

此蓋另一條卜辭，契文殘缺其義不明。

一百九十

摹釋：

　　　己卯卜旅貞翌庚辰妣庚歲其□牛

校勘：

摹釋「其□」之「□」從人從兩點，或可釋「仒」或「仁」。契版最底之「卜」字殘缺不全，契版模糊難辨。

　　辭謂：

　　　己卯卜，旅貞：翌庚辰妣庚歲其仒（仁）牛？

　　　　卜

蓋在己卯日貞詢第二天妣庚會不會歲其仒（仁）牛，蓋歲祭也。仒（仁）牛蓋性情溫順之牛。

一百九十一

摹釋：

　　　□　且　妣庚

校勘：

契版「□　且」上部有三字殘缺不全。「□」從「帚」從「又」疑與拓片「零一二」之「婦又」合文同，蓋讀如「掃」。

　　辭蓋謂：

　　　□□□

　　　婦又　且

　　　妣庚

　　契文有祖辛與妣庚同時見於祭祀的記錄。契版「且」字上有一字殘缺不全，疑即「辛」字。

　　辭蓋謂：

　　　　妣庚、祖辛□□　　掃

或是小乙之妻妣庚所記祖辛及其妻妣庚合祭事。

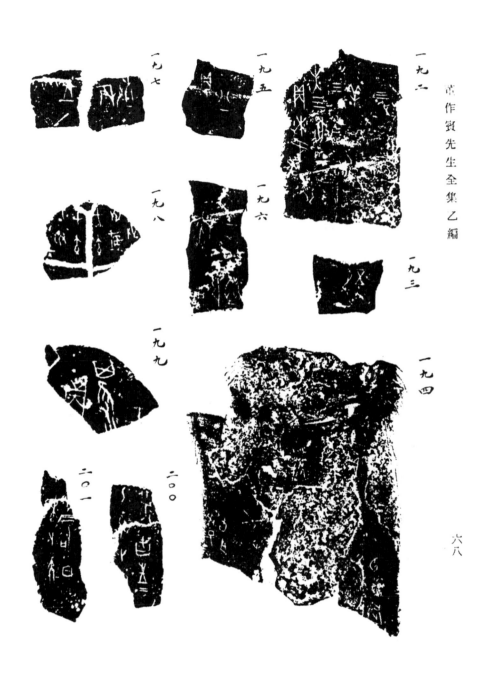

《外編》拓片 192、193、194、195、196、197、198、199、200、201

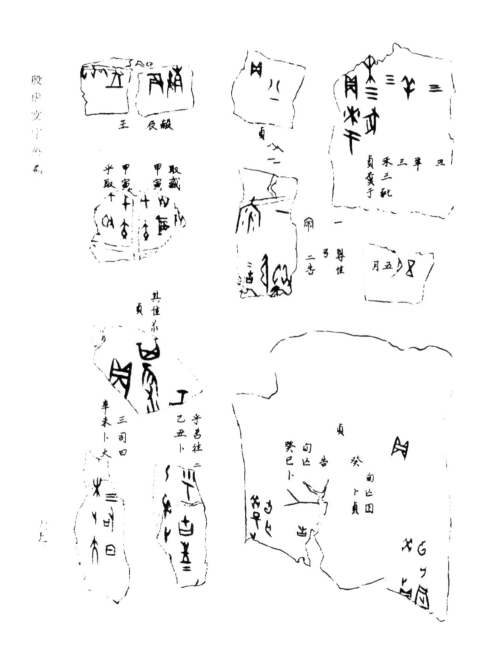

《外編》拓片摹本 192、193、194、195、196、197、198、199、200、201

一百九十二

摹釋：

> 貞尞于禾三□三羊三

校勘：

契版「禾」殘缺不全。摹釋「□」左右結構左從「豕」右從「匕」，蓋即「彘」字。

辭蓋謂：

> 貞：燎于□，三彘、三羊、三

契文所記蓋貞問祭祀事，謂是否以「三彘」、「三羊」、「三□」燎祭。

一百九十三

摹釋：

> 五月

校勘：

契文「夕」「月」難辨。疑「五月」或即「五夕」之謂。

辭蓋謂：

> 五夕

一百九十四

摹釋：

> 癸巳卜：旬亡？
>
> 告
>
> 貞
>
> 癸　卜，貞：旬亡□？

校勘：

契版「癸巳卜」之「卜」殘缺不全，「癸　卜貞」之「貞」字殘缺不全。「亡□」之「□」從「口」從「卜」，例釋「『卜』」字。

辭蓋謂：

> 貞

癸巳卜：旬亡（「『卜』」）？

癸　卜，貞：旬亡「『卜』」？

告

一百九十五

摹釋：

貞　八八　一一

校勘：

契版「貞　八一」之「八一」摹寫作「八八一一」。疑誤。疑「八」下之「一」衍入。

辭蓋謂：

貞　八

一百九十六

摹釋：

□一二告弓□隹

校勘：

契版「□」字從「宀」形、從「人」、從四點，摹釋逐抄契版，蓋即「妣『行契』字」合文，疑「小點」指向「行契」之「字」。「弓□」之「□」從「貝」省從「又」，疑即「敗」字。摹釋所及「隹」字契文殘缺不全。

辭蓋謂：

「妣『行契』字」一二告弓敗□

一百九十七（上）

摹釋：

辰□

校勘：

摹釋「□」作從「南」從「殳」，即「𪔲」字。

辭謂：

　　　辰蕈

蓋：

　　　□辰蕈（貞）□□

一百九十七（下）

摹釋：

　　　王

校勘：

　　摹釋「王」字殘缺不全。契版左上有一殘字疑拓片「一百九十六」之「敗」字。

辭蓋謂：

　　　□王

讀如：

　　　敗王

　　據《外編》拓片標號，契版「一百九十七」（上）蓋應與契版「一百九十七」（下）相連，摹釋圖版似亦有相連之殘餘痕跡，圖版作：

摹釋圖版作：

　　實則就摹釋所及圖版結構來看，摹釋所及契版本來或當如：

就圖版昔年可能的樣子來看，兩片甲骨所載似無直接聯繫，蓋係兩段獨立卜辭。

謂：

　　□辰萆（貞）□□

　　敗王

一百九十八

摹釋：

　　甲寅乎取　　甲寅取□

校勘：

契版「乎」、「甲寅取□」的「取」殘缺不全，摹釋補寫。契版「□」從「戈」從「覓」，摹釋作從「戈」從「舀」，疑當釋「戛」。

契版右側有字殘缺不全，疑亦契文「取」字。

辭蓋謂：

　　甲寅，乎取？

　　甲寅，取戛，取

契版殘缺其義不明。

一百九十九

摹釋：

　　貞其隹□

校勘：

摹釋「□」從契文「又」從兩點。契版「貞」字殘缺不全。契版右起第一行字亦殘缺不全，蓋為「于」字。

辭蓋謂：

     貞其隹□于

即：

     貞其獲□于

契版殘缺不全其義難辨。

二百

摹釋：

     乙丑卜乎□往

校勘：

摹釋「□」從「力」從「口」蓋「協」字。

辭蓋謂：

     乙丑卜，乎協往？

契版「卜」字下有一字殘缺不全。

契版殘缺，其義不明。

二百零一

摹釋：

     辛未卜大三司曰

校勘：

摹釋「辛未卜」一條衍入「三」。

辭蓋謂：

     辛未卜大司曰

契版殘缺，其義不明。

考證：

「乙丑」、「辛未」同屬「甲子」旬。疑拓片「二百」與拓片「二百零一」本屬同一契版。

謂：

     乙丑卜乎協往

　　　　辛未卜大司曰

　　將拓片「二零零」與拓片「二百零一」進行拼合，兩拓片中間隱約可見一字，蓋「未」字。拓片「二百」與拓片「二百零一」大約確是出自同一片大的卜版。依據拼合後的圖像拓片，摹本「二百零一」本來之契文應作：

　　　　辛未卜，大（貞）：「（誅）曰『司日』？」

　　兩條卜辭相距七天時間契刻體勢相似，蓋同一貞人所契刻。依「辛未」條之例，「乙丑」一條亦應有「大貞」字樣。作：

　　　　乙丑卜，（大貞）：「乎協往？」

兩者相合，辭蓋謂：

　　　　乙丑卜，（大貞）：「乎協往？」

　　　　辛未卜，大（貞）：「（誅）曰『司日』？」

　　據董作賓先生考證，貞人「大」為「祖甲」時人。推斷祖甲若貞人「大」等於遠古時期祭日之誅詞似已不甚明瞭。